罪な秘密

愁堂れな

幻冬舎ルチル文庫

C O N T E N T S ✦目次✦

罪な秘密……5
あとがき……222

✦カバーデザイン＝小菅ひとみ（CoCo.Design）
✦ブックデザイン＝まるか工房

イラスト・陸裕千景子 ✦

罪な秘密

1

「あ……っ……あぁ……っ……あっあっ」

広い寝室内に、田宮吾郎《たみやごろう》の切羽詰まった喘《あえ》ぎ声が、先程から延々と響いている。

既に彼の声は嗄《か》れ、呼吸もままならなくなってきたせいか、眉間には息苦しさを物語る縦《たて》皺《じわ》がいつしかくっきりと刻まれていた。

「……かんにん」

ぼそ、と謝罪の言葉を口にしたのは、田宮のかもしかのような両脚を抱え上げ、己の欲望のまま、奥深いところを狙い雄を突き立て続けていた高梨良平《たかなしりょうへい》だった。しかし最早田宮には高梨の申し訳なさが表れた顔を見ることも、謝罪の言葉を聞くこともできる余裕はないらしく、いやいやをするように首を横に振るのみである。

彼の意識は今や朦朧《もうろう》としているのであろう。久し振りということで箍《たが》が外れてしまった自分が情けない、と高梨は反省しつつ田宮の片脚を離すと、二人の腹の間で張り詰め、先走りの液を滴らせていた田宮の雄を握り一気に扱《しご》き上げた。

「アーッ」

田宮が高い声を上げて達する。先端から迸《ほとばし》る白濁した液が高梨の腹をも濡らすと同時に、田宮の後ろが激しく収縮し、高梨の雄を絞め上げる。

「……っ」

その刺激に高梨もまた低く声を漏らして達し、田宮の上で伸び上がるような姿勢となった。

「……りょう……」

田宮の細い声に我に返り、目を開く。達して尚、高梨の雄は硬度を保っていたが、見下ろした田宮は未《いま》だ、はあはあと激しく息を乱しており、意識もはっきりと結んでいないように見えた。

傷が完治したからとフルスロットルで飛ばしすぎた。田宮の身体《からだ》に負担をかけたのではないかと案じていた高梨に向かい、田宮が、乱れた息の下、にっこりと微笑《ほほえ》みかけてくる。

「……よかった……前、みたいだ……」

「ごろちゃん……」

自分の身体が持ち直したことを喜んでくれている。今、とても話せるような状態ではないだろうに、と、胸を熱くした高梨の雄が、どくん、と脈打ち、更に硬度を増していく。

「…………あ…………」

それを感じたらしい田宮が小さく声を漏らし、困ったように笑う。

「ごめん、まだちょっと……」

「かんにん。ゆっくり休んでや」

すぐの行為は無理と言いたいであろうことがわかっているので、高梨は一旦《いったん》雄を抜こうと身体を離しかけた。

「……っ」

と、そうはさせまいとするかのように田宮が両脚を高梨の背へと回し、ぐっと抱き寄せてくる。

「ごろちゃん」

「大丈夫。すぐ、回復するから」

はあ、と息を吐き出し、今度は照れたように笑ってみせた。

「運動不足で、体力落ちてるのかも」

「……ほんま……」

可愛い、と、思うと同時に高梨の雄が一層硬度を増す。

「良平は元気だな」

くす、と笑った田宮はようやく、息が整ってきたようで、高梨の背に回した両脚にグッと力を込めてきた。

「え？」

「もう、大丈夫だから」

小さく声を漏らした高梨に向かい、田宮が頷《うなず》いてみせる。

「ほんまに？」

「ほんま」

「……かわええ……っ」

久々に聞く田宮のエセ関西弁に、高梨の雄はまたもドクンと脈打ち、更にかさが増す。

「え……っ」

それは田宮を戸惑わせるほどで、ぎょっとした顔になり驚きの声を上げる。

「あかん。我慢できへんわ」

とはいえ田宮の身体に負担をかけないようにという配慮を忘れないようにしなければ。己を律しつつも高梨は田宮の両脚を心持ちせわしない動作で抱え上げると、再び共に絶頂を極めるべく突き上げを始めたのだった。


高梨と田宮は『良平』『ごろちゃん』と呼び合う自他共に認めるラブラブバカップル——出会って二年が経《た》っても新婚気分の抜けない恋人同士である。

約二年前、当時サラリーマンだった田宮が巻き込まれた事件を担当したのが、警視庁勤務の警視、高梨で、事件をきっかけに同棲を始めた彼らは紆余曲折を経た今、豊洲《とよす》の高級かつ高層マンションの低層階に二人して住んでいる。

高梨は二ヶ月前、事件絡みで腹を刺され重傷を負った。同じ事件絡みで田宮は暴力団に拉致され、覚醒剤を投与された上で動画を拡散された。

当初、田宮は警察官である高梨の立場を鑑み、距離を置こうとしたのだが、結局は会社を辞め、高梨の傷が完治するまで治療のサポートに回るという選択をした。

高梨は早くに現場復帰を果たしてはいたが、刺されたのが腹だっただけに夜の営みはなかなか『通常どおり』まで復活しなかった。

互いに抱き合いたい気持ちは募る。しかし田宮が高梨の傷を案じないわけはなく、できるだけ傷の負担にならないようにという配慮が常になされており、高梨は高梨で田宮のそうした配慮を申し訳なく思っていた。

それだけに腹の傷がすっかり癒えた今、何を気にすることもなく抱き合えるのが嬉しすぎて暴走してしまった、と高梨は今、意識をなくして寝ている田宮のあどけない寝顔を見下ろし、溜《た》め息《いき》を漏らした。飛ばしすぎを反省していたのである。

と、閉じていた田宮の瞼《まぶた》が開き、大きな瞳が高梨を真《ま》っ直《す》ぐ見上げてくる。

「ごろちゃん、かんにんな」

結局は失神するまで攻め立ててしまったことを詫びた高梨に、まだ寝ぼけているらしい田

宮がにっこりと微笑み、首を横に振る。

「俺も……嬉し……」

最後まで告げることはできず、すぅ、と寝入ってしまった田宮の頬には笑みがある。幸せそうに見えることが自己満足でなければいい。心からそう願いながら高梨は田宮の額に汗で貼り付く髪をかき上げると、眠りを妨げぬように気をつけつつ、彼の白い額に万感の思いを込め、唇を押し当てたのだった。

翌朝、高梨は疲れて眠る田宮を起こさぬように気をつけつつ一人起き出し、朝食を作っていた。

「ごめん、良平」

ほぼできあがった頃、起きてきた田宮の顔にはこれでもかというほどの罪悪感が表れており、そんなに気にする必要はない、と高梨はまず彼の顔に笑みを取り戻さねばと口を開いた。

「謝る必要あらへんよ。いや、謝るのは僕のほうやないか？　昨夜《ゆうべ》あんなに……」

「そういうのはいいから！」

高梨の予想どおり、羞恥《しゅうち》を覚えたらしい田宮が赤面しつつ口を挟んでくる。

「そしたらおあいこ、な」

謝るのはもうナシや、と高梨が田宮に笑いかける。

「……うん」

田宮の顔にもようやく笑みが戻り、それでいい、と高梨もまた笑顔で頷いた。

「今日はパンにしたわ。姉貴が引っ越し祝いにくれたトースターで焼くパンにはまっとるさかい」

「美味《おい》しいよな。外はカリッと、中はしっとりで」

「そしたらご飯にしよか」

高梨の誘いに田宮が「うん」と頷く。

こうした『日常』を取り戻せるとは。互いを思いやるあまり、下手をすればそのまま擦れ違いで終わりかねなかったことを思い出す高梨の顔に、そうならずにすんでよかった、という安堵《あんど》の笑みが浮かぶ。

田宮もまた同じ気持ちのようで、安心感溢《あふ》れる微笑を浮かべる彼を前に高梨はこの上ないほどの幸せを感じ、この幸せを未来永劫、継続してみせると密《ひそ》かに心に誓ったのだった。


「そしたら、いってきます」

未だに新婚気分の抜けない二人にとって、恒例となっている挨拶のキス——今回の場合は『いってらっしゃい』もしくは『いってきます』のチュウを交わしたあと、高梨がふと思いついた顔となり、こんなことを言い出した。

「せや、ごろちゃん、このマンションのフィットネスジムやプールて、住民は使い放題なんやろ?」

「うん、パーソナルトレーナーをつけるとかだと、有料になるみたいだけど」

基本、無料と聞いている、と頷いた田宮に高梨が、にや、と笑い、心持ち顔を近づけ、囁《ささや》いてくる。

「体力つけたいんやったら、ジムにいってみたらどうや? プールもええと思うけど」

「体力……あ」

高梨がなぜそんなことを突然言い出したのかと訝《いぶか》しく思っていた田宮だが、やがて昨夜の自分の発言を思い出した。

『運動不足で、体力落ちてるのかも』

行為の最中、体力不足を恥じて告げた言葉を、日が昇り明るくなってから高梨に持ち出されたことに、田宮の頭にカッと血が上る。

「馬鹿じゃないか……っ」

「馬鹿やないよ。そしたらいってきまーす」

あはは、と明るく笑って高梨がドアを出ていく。

「まったくもう」

悪態をつきつつも、田宮もまた微笑んでいたのは、高梨の傷がすっかりよくなり、元気に出勤していく姿に安堵を覚えていたためだった。

下手をすれば命がなくなりかねない傷だったことを思うと、完治は本当に嬉しい。しかし完治したとなると、これから自分はどうしようと考える田宮の口から溜め息が漏れた。

会社を辞めたとき、ありがたいことに取引先数社から声をかけてもらってはいた。しかし未だにインターネットで自分の名前を検索すると、覚醒剤を投与されたときの映像が出てくるため、先方に迷惑をかけることになるのでは、と、どうしても考え、二の足を踏んでしまう。

会社の後輩にして、田宮と同じタイミングで退職した富岡雅巳《とみおかまさみ》や、彼に絶賛片想い中である御曹司、アラン・セネットも、田宮に新しい職を紹介すると言ってくれてはいたが、これまでさんざん世話になっている上、やはり二人にも迷惑はかけたくないとの思いから固辞していた。

いっそのこと、専業主夫になればいいともよく言われる。高梨の部下たちや、高梨の姉たちがそうなのだが、高梨に養ってもらう、ということに対しても田宮は躊躇《ためら》いを覚えてしまうのだった。

確かに高梨の収入は田宮一人を養って余りある額だとは思うが、だからといって何もかも甘えるのは違う。

自分の力で、何か新しい職につく手立てはないものかと、高梨の傷が癒えるにつれ田宮はそれを考えるようになっていた。

高梨が出勤したあとに、洗い物や洗濯、掃除などの家事をすませると田宮は、先日、手続きをすませたばかりの近くの区立図書館へと向かった。

商社の営業職として約十年、働いてきたが、これという資格は持っていない。手に職、というわけではないが、何か就職に役立つ資格をとるのはどうだろうと考えた結果、図書館でそうした本を探してみようと思ったのだった。

ネットでも探せないことはないが、情報の偏りがあるか否かは判断が難しい。ずらりと並んだ本をあれこれ手に取ってみたほうが、有意義な情報を得られるのでは、と、いささかアナログ思考の傾向のある田宮は考えたのだが、実際図書館の資格取得本のある本棚前に立つと、それこそ『ずらり』と並んだ本の量に圧倒され、どれから手をつけたらいいのやらと立ち尽くすことになった。

どんな資格があるのかをまず探すか、と、上の棚にある本に手を伸ばそうとしたとき、少し離れたところにいた老人が、本を一冊、棚から抜こうとした。

「うおっ」

ギチギチに本が入っていたせいか、老人が本を抜いた弾みに、数冊の本がばらばらと棚から落ちてしまった。

「大丈夫ですか」

田宮は慌てて老人に駆け寄ったが、そんな田宮を老人はじろりと睨《にら》むと、

「うるさい」

と言い捨て、そっぽを向いた。

「え？」

七十代と思われる、骨張った手足をした痩《や》せた老人で、こざっぱりとした身なりをしており、足が不自由なのか杖《つえ》をついている。

はじめ田宮は老人の言葉が聞き取れず、そう問い返したのだが、老人は田宮を無視し、すたすたとその場を立ち去ろうとした。

「？？」

呆然《ぼうぜん》と彼の後ろ姿を見送っていた田宮だったが、本がまだ落ちたままになっているのをそのままにはできないと拾い始めた。と、

「余計なことをするな！」

というしゃがれ声が響いたものだから、田宮は驚き、声の主を——立ち去りかけていた老人を見やってしまった。

「どうしました？」

そこに図書館の制服らしい、黒いポロシャツを着た若い男が慌てた様子でやってきた。黒

髪に黒縁眼鏡をかけた真面目《まじめ》そうな青年である。

「細川《ほそかわ》さん、どうされました？」

どうやら老人は職員と顔馴染《なじ》みらしい。若い職員が声をかけると老人は――細川というらしい――くわっというように目を見開き、職員を怒鳴りつけた。

「本を取ろうとしたら周りの本が飛び出してきた！　取りにくいと前にも言ったがまったく改善されとらんのはどういうことだっ」

「それはすみませんでした。今後気をつけますね」

老人の怒声にぎょっとしたのは田宮のみで、職員は慣れたものなのか笑顔で対応している。

「口ばっかりだ！　ここの職員は！」

その笑顔が細川の気に障ったようで、またも怒声を張り上げると、杖をつきながらその場を離れていってしまった。

なんなのだ、と啞然《あぜん》としていた田宮だったが、近づいてきた黒縁眼鏡の若い職員に、

「すみませんでしたね」

と謝られ、ようやく我に返った。

「いえ、そんな」

謝ってもらう必要はないのだが、と拾った本を手に立ち上がった田宮に向かい、職員が手を差し伸べてくる。

「こちらでしますので」

「あの……今のかたは……」

つい、問うてしまった田宮だったが、職員が困った顔になったのを見て、すぐさま問いを引っ込めた。

「あ、すみません。なんでもないです」

「いや、こちらこそ」

黒縁眼鏡の職員は見たところ二十代半ばのようだった。胸に『藤林《ふじばやし》』と書いた名札がある。

「大きな声ではいえませんが、ちょっとしたクレーマーなんです。ご不快な思いをさせて申し訳ありませんでした」

こそ、と囁くようにして藤林はそう言うと、深く頭を下げてきた。

「そんな……っ」

そうも謝られると恐縮してしまう、と田宮もまた腰を折り、職員の顔を覗《のぞ》き込んだ。

「不快な思いなんてしていませんから」

「…………」

それを聞き、藤林は顔を上げるとまじまじと田宮を見つめてきた。

「……え?」

田宮の身長は百七十六センチだが、藤林は百八十以上あるようで、見下ろされる形となった。細身ではあるがほどよく筋肉がついているのがわかる。

　ポロシャツだと体格が出るんだよな、と思いながら田宮は藤林の顔を見上げ、彼が端整な顔立ちをしていることに今更気づいた。

　黒縁眼鏡はもしや伊達だろうか。眼鏡をとると、ある二枚目俳優と似ている気がする。なんていう俳優だったかな、と考えていた田宮だったが、藤林が何も言わないことに焦《じ》れ、自分から口を開いた。

「あの、何か」

「いや、君、本当にいい子だなと思って」

「……え」

　どう見ても年下の男に『いい子』呼ばわりされたことに田宮は戸惑い、その場で固まってしまった。

「大学生かな？　何か資格をとろうとしているの？　僕はここで司書をしているんだけど、よかったら相談に乗るよ」

　田宮の借りようとしていた本を見て、藤林がにこやかに話しかけてくる。まさか大学生に間違われるとは、と、ここでようやく田宮は我に返ることができ、慌てて藤林の間違いを正すことにした。

「いや、大学生じゃないです。俺、もう三十越しているんで……」

「えっ」

藤林は相当驚いたようで、図書館とは思えぬほどの大声を上げたあとに、絶句した。

「うるさいっ」

少し離れたところで聞き覚えのある声がする。先程の細川という老人の声に似ているなと思いつつ田宮は、

「あの、それじゃあ」

と潜めた声で挨拶をし、その場を立ち去ろうとした。

「ま、待ってください」

と藤林もまた声を潜めながらもそう言い、田宮を追ってくる。

「とりあえずこちらに」

先に立った藤林が田宮を連れていったのはロビーだった。

「本当に何から何まで！　大変失礼しました」

会話のできる場所まで来たということか、藤林が田宮の前で深く頭を下げる。

「失礼じゃないですって」

また謝られてしまった、と田宮はそう言ったものの、藤林が顔を上げる様子がないので彼の腕を摑《つか》んだ。

「気にしないでください。それじゃあ……」

ようやく顔を上げてくれた彼に田宮は軽く頭を下げると、そのまま立ち去ろうとした。

「あの……っ」

だが藤林はまたも田宮の前に回り込み、足を止めさせた上で話しかけてくる。

「お詫びといってはなんですが、資格の件、僕でよければ相談に乗ります！　取りたい資格があったら言ってください。この問題集がお勧めといったアドバイスはできますので」

「あ……りがとうございます」

詫びなどいらないものの、それはありがたい、と田宮は藤林に礼を言った。

「その本、借りますか？　他に資格本でお勧めもありますから、それも一緒に借りていかれます？」

藤林もまた笑顔になり、田宮に問いかけてくる。親切な人だなと田宮は改めて藤林に礼を言った。

「ありがとうございます。お願いします」

「それじゃ、戻りましょうか」

藤林は田宮を伴って先程の棚の前に引き返すと、これとこれ、と二冊ほど本を選んでくれた上で、貸し出しの手続をとるためにカウンターまで連れていってくれた。

「田宮さん……ご利用は初めてですね」

作ったばかりのカードを差し出すと端末を操作しながら藤林が、貸出期限の説明をしてくれる。

「ここは自習室もありますので、いつでもいらしてくださいね」

「ありがとうございます」

カウンター内から藤林に見送られ、田宮は図書館をあとにした。

「……あ……」

エントランスを出たところで、先程の細川という老人の後ろ姿をみかけ、つい声を上げる。

「…………」

まさか届くまいと思っていたその声が聞こえたのか、細川はちらと田宮を振り返った。が、すぐにふいと前を向くと、杖をついているとは思えないスピードですたすたと歩き去ってしまった。

細川に限らず、図書館内に老人の姿は多く見られた。憩いの場になっているのかもしれない、と思いかけ、図書館ではお喋《しゃべ》りもできないか、と思い直す。

そういえば前に新聞かネットの記事で、定年退職となったあと、通う場所のなくなったサラリーマンたちは、スポーツジムや図書館に向かう、といった内容のものを読んだ気がする。

細川もまた、通うべき場所を失ったために図書館に来ているのかもしれないと思うと、彼の苛立《いらだ》ちは少しわかる気がした。

自分も苛立ってこそいないが、今、『通うべき場所』を模索中である。先行きが見えないことに漠とした不安を覚えているが、それが細川の場合は苛立ちとなって表れているのかもしれないなと田宮は、既に遠のいてしまった老人の後ろ姿を見やった。

帰ったら資格の本を読むことにしよう。その前に夕食の買い物もしていくか、と、歩き始めた田宮の脳裏に、今朝《けさ》、高梨と交わした会話がふと蘇《よみがえ》る。

住民は基本料金無料のジムとプールがあるということは入居したときから知っていたが、それどころではなかったこともあって足を踏み入れたことがなかった。

運動不足であることは間違いないのでちょっと見に行ってみようか。高梨も激しい運動はまだ無理だろうが、筋力の衰えを気にしていたようだし、下見に行くのもいいかもしれない。

よし、と田宮は一人頷くと、まずは買い物、と近くのスーパーへと向かったのだが、この先まさか自分の身に予想外のことが起ころうとは、未来を予測する能力のない彼にはわかろうはずもなかった。

2

夕食の買い物をすませ、帰宅すると田宮はすぐにジムとプールの見学にでかけた。ジムもプールも地階にあり、部屋の鍵を示せば午前六時から深夜零時まで使い放題であるというが、混雑状況はどの程度なのかといったことを、今日はまず確かめようと思い、地階を目指したのだった。

初めて訪れたジムで田宮は早速トレーナーに声をかけられた。

「こんにちはー。初めてですよね？」

若い女性のトレーナーは田宮が問うより前に、更衣室の場所やマシーンの使い方など、一通り教えてくれたあとに、プールにまで案内してくれた。

「スクールの時間は少し混むけど、早朝や夜遅い時間帯は貸切状態にもなりますよ」

どんどん使っちゃってくださいね、と健康的な笑顔を向けてくれた彼女に「ありがとうございます」と礼を言う。

「すみません」

そこに住民と思しき女性が彼女に何か聞きたいことがあったらしく、声をかけてきたのを機に、田宮は一人でプールサイドを歩き始めた。

プールは水着と水泳帽は必須だという。水着も水泳帽もないので買うしかないか、と思いながら歩いていた田宮は、前方から歩いてくる男の派手な水着につい、目を奪われた。

蛍光ピンク、しかもブーメラン形。凄《すご》いインパクトだ、と見てしまったあとに顔へと視線を移す。

「…………」

あれ。

サングラスをかけた男の顔はやたらと小さかった。一般人というよりは芸能人っぽいような、と思いつつ擦れ違った田宮だったが、擦れ違いざまに男の身体から立ち上るアルコール臭に気づき、思わず足を止め振り返った。

気配を察したのか、男もまた田宮を振り返る。

「あの」

余計なお世話であろうことは重々、承知していた。しかし見過ごすわけにもいかない、と田宮は男に向かい口を開いた。

「酔った状態でプールに入るのは危険だと思いますよ」

「……はぁ？」

若い男はあからさまに不機嫌な声を上げたかと思うと、ガシッと田宮の腕を摑んできた。

「なに？　誰、あんた？」

「ただの通りすがりです」

やはり男はかなり酔っているようだった。呂律《ろれつ》が回っていない上、動作も酷《ひど》く乱暴である。面倒臭いことになったかも、と思いながらも、こんな泥酔状態では殊更《ことさら》プールに入れるわけにはいかない、と田宮は男の手を振り払い、係の人はいないかと周囲を見回した。

「通りすがりってなんだよ。俺が誰かわかった上で、声、かけてきたんだろ？」

男が再び田宮の腕を摑もうと手を伸ばす。

「え？」

『誰かわかった上で』ということは知り合いだったのか、と田宮は男の腕を払いつつ、改めて男を見た。が、やはり知人ではないような、と首を傾《かし》げる。

芸能人なんだろうか。にしても見覚えがない、と尚も首を傾げた田宮の態度がどうやら男の気に障ったらしい。

「なんだその態度。ムカつく。ミエミエなんだよ。知らないフリすればインパクト与えられるとでも思ってんの？　男のくせにナンパかよ。キモいんだよ」

男が不快そうな顔になり、自身の足元にペッと唾《つば》を吐き出す。

「…………」

知らないふりも何も、知らないのだが。しかしそんなことを言おうものなら暴れかねない雰囲気を察した田宮は、酔っ払いにはかかわらないが吉だ、とその場を離れることにした。

幸い、少し離れたところに係の人間らしい男の姿を認め、彼に知らせよう、と男を無視して歩き出す。

「待てって。おい、話は終わってないだろ」

しかし無視したことで男は苛立ちを募らせたらしく、強引に腕を摑んできた。

「痛っ」

振り解《ほど》かれまいとしたのか、男の強すぎる力に、田宮の口から悲鳴が上がる。それを聞きつけたらしく、前方にいた係の人が、

「どうしました？」

と駆け寄ってきた。

「あの」

もう彼に任せよう、と田宮が口を開きかけたその時、不意に背後から、

「なんでもありませんので！」

と、低いがよく通る声が響いてきたのに、田宮は驚いて声のほうを振り返った。

「諒《りょう》、こっちだ。申し訳ありません。あなたも一旦こちらに」

プールサイドには似合わぬスーツ姿の男が、田宮もろとも水着の男を連れ去ろうとする。

「いや、俺は……っ」

関係ないので、と断ろうとしたが、スーツの男の勢いに押され、結局田宮は若い男と共にプールサイドを離れ、そのまま荷物用エレベーターまで連れていかれてしまった。

荷物用など、使ったことがなかった、と戸惑う田宮だったが、ちょうど来ていた箱に追いやられるようにして乗り込まされる。

「……あの……？」

男が押したのは最上階に近い高層階だった。今の時間、使う業者もいないのか、物凄い勢いでエレベーターが上昇していく。

どこに行こうというのか、と問いかけようとした田宮の腕を未だに掴んでいた酔っ払いが怒声を張り上げた。

「和田《わだ》！　ふざけんなよ！　なんなんだよ、お前」

「諒、今がどういうときか、わかってるよな？」

一方、スーツの男は冷静さを保ち、淡々とした口調で酔っ払いを諭そうとする。

「……っ」

それを聞いた途端、若い男が息を呑《の》んだかと思うと、田宮の腕を離した。

「……え……」

どうした、と田宮が思わず声を漏らしたところで、エレベーターは指定階に到着した。

「すみません、こちらにどうぞ」

話はそこで、とスーツの男が田宮に向かい、慇懃《いんぎん》に頭を下げる。

「いや、別に……」

こちらとしては何も話はないのだが、と言おうとした田宮だったが、

「ともかく、どうぞ。お願いします」

と、スーツの男が頭を下げ続けてきたため、彼の頭を上げさせるにはついていくしかなく、仕方なく彼と、今やすっかりおとなしくなった——とはいえ不機嫌全開の顔はしていたが——若い男と共に廊下を進み奥まった一室へと入ることとなった。

「本当に失礼しました」

部屋を入ったところは長い廊下で、突き当たりの部屋は広々としたリビングダイニングだった。東京湾を一望できる見事な眺望で、三十畳以上ありそうなその空間の豪華さに田宮は声を失った。

こんな部屋に住んでいるのは——一体どっちなのだ、と田宮は、スーツと若い男、二人をかわるがわるに見やった。

「大変失礼しました。わたくし、こういう者です」

スーツの男が上着の内ポケットから名刺入れを出し、一枚を慇懃に差し出してくる。

「……はあ……」

差し出された名刺に書かれていた会社名は、田宮でも知っている大手芸能事務所だった。

『マネージャー　和田泰久《やすひさ》』

「……マネージャー……」

今まであまり会ったことのない人種だ、と田宮はスーツの男をつい、まじまじと見やってしまった。

長身でスタイルがいい。顔立ちも端整で、彼がタレントと聞いても驚かない、と思いつつ田宮は、ということは、と視線を、泥酔した若い男へと向けた。

彼がタレントで、そのマネージャーが和田ということか、と悟ったのと同時に、和田が紹介の労を取ってくれる。

「すみません、彼がうちのタレントで渡辺諒《わたなべ》といいます。諒が大変失礼な真似をしたのではないかと……本当に申し訳ありません」

膝に頭がつくのではというほどに深く頭を下げる和田に、田宮は慌てて頭を下げ返した。

「田宮と申します」

渡すべき名刺は持っていない。一応、このマンションに住んでいることも伝えたほうがいいだろうかと思いながら挨拶を返した田宮だったが、『渡辺諒』という名には心当たりがなかった。

しかしそれを伝えるのも何か、と触れないようにし、二人に対し頭を下げる。

「田宮さん、本当に申し訳ありませんでした。重ねて申し訳ないお願いなのですが、今日のことはどうかご内密にお願いできませんでしょうか」

「内密……え？」

何を、と、眉を顰《ひそ》めた田宮に向かい、和田は身を乗り出すようにして熱く訴えかけてきた。

「諒は次のクールの連ドラレギュラーが決まったばかりなんです。悪い評判は立てたくない。なので今日、酔っぱらってあなたに絡んだことは口外しないでいただきたいのです。せっかくのチャンスなので」

「はあ……」

『はあ』以外に言葉が出てこない、と田宮は頷き、視線を渡辺諒へと向けた。

「なに？　俺のこと、本当に知らなかったのか？」

少し酔いが醒《さ》めてきたのか、バツの悪そうな顔をした彼が——諒が、田宮を見やり、ぼそ、と呟《つぶや》くようにして問うてきた。

「いや、その……芸能人かなとは思いました」

『知らなかった』といえばそれなりにショックを受けるのでは。そう案じたために田宮は、ぎりぎり嘘ではない言葉を告げ誤魔化そうとした。

「やっぱりわかってなかったか。まあ、仕方ないよな。俺の知名度なんてそんなもんだよ」

やけになったような口調で吐き捨てた諒に和田が、

「これからだよ、諒」

とフォローを入れる。

「あの……勿論《もちろん》、誰にも言うつもりはありませんので」

ここは早々に退散すべきでは。そう思った田宮は一礼したあと、何か言ったほうがいいかと思い、言葉を足した。

「ドラマ、頑張ってください。観たいと思います」

「ありがとうございます。本当に申し訳ありません」

和田が尚も深く頭を下げる。その横で諒は、複雑そうな表情を浮かべていた。

「できんのかな、俺に」

「え？」

彼は何を言ったのか。聞き返そうとした田宮の声にかぶせ、和田の声が響く。

「どうぞよろしくお願いしますね」

「あ、はい。こちらこそ」

反射的に頭を下げ返してしまいながらも田宮は、視界の端で諒が思いつめた顔をしていることが気にかかっていた。

「あの……」

それで諒に声をかけようとしたのだが、身を乗り出してきた和田に遮られてしまった。

「田宮さん、何階にお住まいですか？」

「あ、五階です。本当に誰にも言いませんので」

これは『帰れ』ということだろう。察した田宮はそう言い、頭を下げた。

自分などが気にせずとも、まずはマネージャーが気づくことだろう。でしゃばるのはよそう、と田宮は頭を下げ、部屋を辞そうとした。

「失礼します」

「おい」

と、諒が田宮に声をかけてきた。

「はい？」

「いえ、なんでもありません。ご配慮、ありがとうございます」

問い返した田宮だったが、またも和田に遮られ、結局部屋を出ざるを得なくなった。

「失礼します」

「本当に申し訳ありませんでした」

態度こそ慇懃だったが、何がなんでも部屋を出すという押しの強さが感じられる。諒が芸能人——有名人ゆえガードしているのだろうが、過分すぎないだろうかと思いながらも田宮は、関わる気もなかったため部屋の外に出ようとした。

ほぼ半身出ているというのに、諒のほうではかかわる気があったのか、大声を上げ田宮の動きを止めようとする。

「俺はあんたのこと、見覚えあったぜ」

「え？」

「諒？」

なんのつもりなのか。そう言われては気になり、田宮は足を止めた。マネージャーの和田もまた驚いたように諒を振り返っている。

「見覚えある。どこだったか。ネットかなんかで見た気が……」

田宮の視線の先、諒が考え込む素振りをする。

ネット――。

その単語を聞いた途端、田宮の脳裏にインターネット上に出回っている自分の映像が――覚醒剤を投与されているところが蘇った。

「失礼します」

頭が真っ白になり、思考力が働かない。ともかくこの場を離れねば、と田宮はそのまま部屋を出て、エレベーターまで走った。

ドキドキといやな感じで鼓動が高鳴っている。落ち着け、落ち着くんだと己に言い聞かせつつ、エレベーターのボタンを押す。

焦ることはない。酔っ払いの戯言《たわごと》だ。気にするまでもない。

必死に自分に言い聞かせている間にエレベーターの扉が開いたため、田宮は無人の箱に乗り込んだ。

五階のボタンを押すと、エレベーターは他の階での需要がなかったようで急速に下降し、眩暈《めまい》を覚える。

落ち着け、と田宮は大きく息を吐き出した。たとえあの男が自分をネットで見ていたにしても、なんの関係があるだろう。同じマンションに住んでいるというだけだ。

マンション内に噂をまかれるといったことはないだろう。何せ相手は芸能人だ。積極的に住民とかかわりを持つとは考え難い。

「……あ……」

五階に到着し、扉が開く。自分の部屋に向かっていた田宮の頭に、最悪の閃《ひらめ》きが走った。

芸能人であるだけに、覚醒剤にかかわりのある住民と同じマンションを避けたいと考えることはないだろうか。

マンションの管理会社に苦情を入れ、退去を命じられる可能性はないとはいえない。そうなった場合、噂も立ち、高梨の迷惑になるのは間違いない。

どうしよう。部屋に到着してからも田宮の頭はそのことでいっぱいだった。

いっそ確かめに行こうかとも考えたが、藪蛇《やぶへび》になったときの後悔を思うとそれもできない。

こちらも向こうの『弱み』——という言い方は卑怯だが——を握ってはいる。泥酔して絡んできた、などという噂が立てばさぞ困ることだろう。

相身互い、と思いたいが、噂を立てる危険のある人間を遠ざけたい、と追い出しにかかるかもしれない。

考えれば考えるだけ、マイナス方向にしか思考が向かわない。高梨が帰ったら相談することにしよう。ようやく思い切りをつけることができたときにはもう夕刻となっていた。

夕食の仕度をせねば、と田宮は気力で気持ちを切り替えると、何を作ろうかと冷蔵庫をあけた。昨日が肉だから魚にしようか。あまりいいアイデアが浮かばないため、スマートフォンで人気料理レシピサイトを見ようとした田宮は、そうだ、と思いつき、渡辺諒の名前で検索をしてみた。

『渡辺諒』

ウィキペディアには数行しか記載がなかったが、大手芸能事務所のプロフィールページにはこれまでの出演歴などが写真と共にずらりと並んでいた。

「……顔……違わないか?」

思わず田宮が、ぼそ、と呟いてしまったのは、プロフィール写真が爽《さわ》やかとしかいいようのない好青年に見えたからだった。

さすが芸能人、ぱっと目に付く美青年である。笑っている口元から覗く白い歯。煌《きら》めく瞳。凜々《りり》しい眉。こんな顔だったか、と思い返してみたものの、ガラの悪い若者にしか見えなかった、と田宮は首を傾げた。

しかし別人というわけではないか、と、写真をよく見たあと、ほかの画像も検索してみる。と、ドラマか映画の役作りか、茶髪の写真が出てきて、この顔は近いかも、と田宮は一人頷いたあと、こんなことをしている場合ではない、と我に返り料理レシピのサイトを開き直したのだった。

捜査一課で快気祝いをしてくれることになったとのことで、帰宅が遅くなる旨、高梨から連絡があったのは、その日の夕刻、十八時頃だった。

『急にご飯いらないとか、かんにんな』

心底申し訳なさそうに詫びている様子の高梨に田宮は、

「全然気にしなくていいから」

と答え、既に夕食の準備が終わっていることは伝えずにすませた。

電話を切ったあと、一人で食べるのもな、と食卓を眺めた田宮は、再び携帯が着信に震えたのに、誰だ？　と画面を見た。

「もしもし？」

電話をかけてきたのは高梨の姉、美緒《みお》だった。近頃離婚が成立し、今は子供たちと東京に住んでいる。

富岡の叔父《おじ》はやり手の弁護士で、養育費や慰謝料は勿論、それまで住んでいたマンションの名義も美緒のものとなり、加えて管理費も子供が全員成人するまではもと夫が支払うことで合意した。

離婚の原因は夫の不倫だっただけに、美緒の心中を慮《おもんぱか》るにどれほど辛《つら》かったか、と思いながら応対に出た田宮の耳に、明るい美緒の声が響いてくる。

『ごろちゃん、今、ええか?』

「はい、大丈夫です。美緒さん、今どこですか?」

周囲の喧噪が気になる、と問いかけた田宮に美緒が、思いもかけない答えを返す。

『今、豊洲の駅やねんけど、ごろちゃんの顔見とうなって。これから寄ってもええ?』

「勿論。あ、美緒さん、よかったらウチで夕食食べていかれませんか?」

『あら、ええの?』

美緒の声が弾み、

『そしたらすぐ行くわ』

という言葉どおり、それから十分もしないうちに美緒は田宮の前に現れた。

「どうしたんです?」

田宮と会うときの美緒は常に『いいところの奥さん』といった、華やかな服装をしていることが多かった。だが今日の彼女は紺のスーツ姿で、何事かと田宮はつい、顔を合わせた瞬間に問いかけてしまったのだった。

「そら聞くわな」

美緒は笑うと自身の身体を見下ろし、肩を竦《すく》めた。

「面接に行ったんよ。豊洲の銀行で求人があったさかい。結婚前に勤めとったのも銀行やったし、ブランクあってもなんとかなるんやないかと思ってな」

「面接……就職の、ですか？」

あまりの意外さに問いかけたあと、もしや、と思い当たり、勢い込んで確認を取る。

「まさか養育費が滞ってるとか？」

「ちゃうちゃう。慰謝料も養育費もちゃんと払ってもらっとるから安心してや」

あはは、と美緒が田宮の心配を豪快に笑い飛ばす。

「ならよかったです」

安心した、と息を吐いたあと田宮は、それならなぜ、と美緒に問おうとしたが、それを察したらしい彼女は先に答えを言い始めた。

「生活に困ることはないんやけど、この先、娘を大学まで出そう思うたら、お金はいくらあっても困るものやないしね。久々に働いてみたくもなったんよ。外の世界と接点を持ちたくなった、いうか」

「そうですか……」

離婚というつらい思いをしたゆえに、環境を変えたいという思いもあるのかもしれない。ともあれ、金銭的に困窮しているということでなくてよかった、と田宮は内心安堵しつつ、美緒に頷いてみせた。

「あら、ごろちゃん、資格とろうとしてはるの？」

ダイニングのテーブルに出しっぱなしになっていた、図書館から借りた本をめざとく見つけた美緒が問いかけてくる。

「就職するのに資格があれば何かと有利かと思ったんですが、なかなか難しそうです」

「ごろちゃんも職探し？」

「はい。良平もすっかり回復したので、そろそろ本格的に職を探そうかと思ってます」

「そうなん？」

美緒ががっかりした顔になる。理由がわからず田宮は、

「え？」

と目を見開いてしまった。

「ごろちゃんはこのまま専業主夫になるのもええなと思うてたんよ。良平もえらい喜んどったしね」

「……そう……ですね」

言葉にこそしなかったが、外で働くようになれば自分がまた嫌な思いをするのではと、美緒が案じていることは田宮にはよくわかった。

高梨もまた同じことを考えているのはひしひしと伝わってくる。気持ちは嬉しいし心底ありがたいとは思うが、そうした優しさに甘えるのはやはり申し訳ないというか、違うと思ってしまうのだ、と田宮は美緒の気遣いに対し、

「すみません」

と頭を下げた。

「ごろちゃんが謝ることないわ。謝るのは私のほうやない？　好き勝手言うてもうてかんにんな」

美緒もまた頭を下げてくるのに、気を遣わせてどうする、と田宮は慌てて話題を変えようとした。

「美緒さんも謝らないでください。ところでよかったら本当に夕食、ウチで食べていきませんか？」

「ええけど、良平が戻るまでは待てへんかも」

もう帰っとるんかと思うたわ、と言う美緒に田宮は事情を説明することにした。

「実は快気祝いで今日は遅くなるとさっき連絡があって」

「はあ？　あん子はまた……っ」

それを聞くと美緒は怒りに燃えた顔をし、スマートフォンを取り出そうとした。

「急に決まったことなんで……っ」

田宮は焦って言葉を足し、彼女が弟への怒りの電話をかけるのをなんとか思い留まらせた。

「ごろちゃんの手料理なんて嬉しすぎやわ」

美緒はすぐ機嫌を直すと、座っていてほしいという田宮の言葉を無視し、共にキッチンに立って最後の仕上げから食卓に出すのまで手伝ってくれた。

「お嬢さんは？」

「今日は塾で帰りが遅くなるさかい、大丈夫や」

美緒が飲みたいというのでビールで乾杯したあと、珍しくも二人きりの食事が始まった。

「ごろちゃん、ほんまええ奥さんになれるわ。あ、もう奥さんやったね。ほんま、美味しいわ」

「ありがとうございます」

口に合ってよかった、と安堵しつつ田宮は礼を言ったあと、奥さんではないけれど、と言い足そうとしたが、美緒はまるで聞いていなかった。

「これ、どうやって作るん？」

次々とレシピを聞いてきたあとは、その日受けた面接の話になり、

「ほんま、カルチャーショックやったわ」

と、自分が働いていたときと今に、いかにギャップがあるかをまくし立て、田宮は聞き役に徹していた。

「年齢的にはセーフやったけど、能力的に落とされたらショックやわ」

「美緒さんなら大丈夫だと思いますが」

世辞でも気遣いでもなく、田宮が本心から言っているのがわかったのか、

「ありがとね、ごろちゃん」

と美緒は嬉しそうに礼を言い、ふと気づいたように時計を見た。

「ああ、もうこないな時間。そろそろ帰らな」

「送っていきましょう」

せめて駅まで、と立ち上がった田宮に美緒は、

「かまへんよ」

と固辞したが、せめて駅までは送らせてほしいと田宮は強引に彼女と共に部屋を出た。

「ええのに」

申し訳なさそうにしていた美緒だったが、広々としたロビーを突っ切るとき、ふと思いついた顔になり、田宮に問いかけてきた。

「ここ、芸能人とか住んでたりせえへんの？」

「えっ？」

不意にそんな話題を振られ、田宮がつい声を上げてしまったのは、まさに『芸能人』が住んでいることを知ったばかりだったためだった。出会いが出会いだっただけでなく、しかも口止めまでされている。さすがに名前は出せないなと田宮は誤魔化そうとしたのだが、美緒を誤魔化せるはずもなかった。

「その様子やと住んどるんやね。このあたりの高層マンションには結構住んどるて噂を聞いたけど、ほんまやったんやなあ」

「噂ってどこで聞いたんです？」

誰、ということまで噂になっているのだろうか。それを自分が喋ったと思われたら困るのだが、と田宮は案じたのだが、

「テレビとか週刊誌よ」

という美緒の答えを聞き、安堵した。

「そうでしたか」

「なに？　喋ったらあかんような大物が住んどるの？　誰？　教えてほしいわ。誰にも言わんから」

やいのやいのとせっつかれたが、駅に到着するまで田宮はなんとか誤魔化し通した。

「そしたらな」

ごろちゃんのイケズ、とふざけて笑いながら美緒が改札を通っていく。

「おやすみなさい」

ホームへの階段を下りていく彼女を見送ったあと田宮は、踵《きびす》を返し帰宅の途についた。

このところ代わり映えのしない日常を送ってきたからか、今日は怒濤《どとう》、といっていい一日だった、と午前中から夜にかけてあったことを思い返す。

図書館で老人に絡まれ、司書には大学生と間違われた。プールサイドでは泥酔した芸能人に絡まれ、マネージャーに部屋まで連れていかれて口止めをされた。そして美緒の来訪。彼女も就職活動していることには驚かされたが、自分も頑張らねばと思った。

本当に目まぐるしい一日だった。明日からはまた、平穏といえば聞こえがいいが、何も起こらない日常が戻ってくるのだろう。

資格を取るにしても、職を探すにしても、まずは一歩を踏み出さないとな。田宮はそう決意したのだが、翌日からは彼の予想に反し『平穏』とは真逆の日々が始まろうとしていた。

3

翌日、高梨をいつもの『いってらっしゃいのチュウ』で送り出したあと、田宮は前日、図書館から借りてきた資格の本を読んでみたのだが、就職に有利といわれるような資格をとるのは非常にハードルが高いことを改めて認識するという結果に終わった。

だからといって諦めたら終わりだ、と、何を目指せばいいのかを改めて考える。語学は不得手だが、理数系の科目ならなんとかなりそうである。

時間はかかるだろうが、たとえば税理士とかはどうだろう。その関係の本を借りに行ってみようかなと思い立ち、田宮はまた図書館に出かけることにした。

「？」

しかしロビーに降りたところでパトカーが数台、マンション前に来ていることに驚き、何事かと周囲を見回した。他の住民たちも不安そうに、パトカーから降りてきた警察官を見ている。

「何かあったんですか？」

田宮はちょうど『コンシェルジュ』の近くにいた。このマンションではコンシェルジュが二十四時間体制で住民からのリクエストに応えてくれるのが売りとなっているのだが、田宮自身は彼らに何かを頼んだことはなかった。

クリーニングのサービスもあるが価格が高いため、近所にあるチェーン店に持っていっている。ワイシャツは田宮が洗っていたし、クリーニングに出すのは高梨のスーツくらいだったのでクリーニング店の利用頻度自体、さほど高くない。

今、コンシェルジュに話しかけているのは、いいところの奥様風の中年女性だった。

「……実は住民のかたがお亡くなりになりまして」

「ええっ。亡くなった？」

彼女の上げた大声がロビー内に響き渡った。

「まさか殺人事件？」

「いえ、そういったことではないのですが」

ロビー中の注目を集めていることがわかっているため、コンシェルジュがたじたじとなりながら小声で説明をしている。

「事件ではありませんのでご安心ください」

「事件じゃないのに警察が来るの？」

女性が尚も問いかけたが、コンシェルジュは、

「これ以上のことは私どもにもわかりませんので」

と頭を下げ、それ以降は女性が何を聞いても「申し訳ありません」としか答えなくなった。

「…………」

殺人でないとすると事故か何かか。自殺ということもあるか、と田宮は痛ましさを覚えつつも、当初の目的どおり、図書館に向かうべく外に出た。

図書館に到着してから田宮は、マンションにパトカーが来たことを一応高梨に伝えたほうがいいだろうかと思いつき、スマートフォンを取り出した。

ロビーの椅子に座り、メールを打ち始める。と、ドサッという音と共に隣に誰かが座ったため、見るとはなしに田宮は隣を見やった。

「…………」

あ、と声を上げそうになり、慌てて視線をスマートフォンの画面へと戻す。田宮の隣に腰を下ろしたのは、昨日田宮を怒鳴りつけた老人、細川だった。

まさかまた絡まれるのか？　それは勘弁願いたい。細川の視線を感じつつも、田宮はメールを打ち続けていたのだが、やがて細川が立ち上がったことで密かに溜め息を漏らした。

苦手意識を持つのは申し訳ないとは思ったが、絡まれたらやっかいだ。無視する形になったことに罪悪感を覚えつつも田宮はメールを打ち終わると立ち上がり、資格コーナーへと向かった。

「おい！　なんなんだ、これは！」

暫《しばら》くすると、少し離れたところで老人の怒声が響いてきた。あの声は、と田宮はそっと声のほうを窺《うかが》い見た。

「どうしました？　細川さん」

予想どおり、怒声を張り上げていたのは細川だった。昨日の司書、藤林が慌てた様子で駆け寄っている。

「どうしたもこうしたもない！　昨日、本が詰まりすぎだと言っただろう！　何も直ってないじゃないか！」

「すみませんでした。どうぞこちらへ」

藤林が細川を促し歩き出す。一瞬、田宮は藤林と目が合った気がした。藤林が会釈をしたことで、気のせいではなかったのかと察したものの、彼も大変だな、と田宮は思わずにはいられなかった。

税理士取得のための本を選んでいるとき、ポケットに入れた携帯が着信に震えたため、田宮はロビーへと引き返し応対に出た。

「もしもし？」

『ごろちゃん、僕や。知らせてくれてありがとな』

かけてきたのは高梨で、心配そうな声を出している。

「いや。詳しいことは何もわからなかったんだけど」

一応知らせようと思っただけで、と告げた田宮に、高梨がその『詳しいこと』を教えてくれる。

『所轄に問い合わせたら、自殺した住民のかたがいらしたそうや。発見した人が通報したんやて』

「そうなんだ」

自殺だったか。痛ましい、と思いつつ相槌《あいづち》を打った田宮だが、続く高梨の言葉には引っかかりを覚え、つい問い返してしまった。

『ただ亡くなったかたがワケアリでな。暫くはマスコミが押し寄せるかもしれん』

「ワケアリって?」

マスコミが押し寄せるとなると、と予感を抱きつつ問い返した田宮に、高梨は、

『それはまた帰ってから話すわ』

どうやら忙しくしているらしく、慌ただしくそう言い、『そしたらな』と電話を切った。

「…………」

まさか――。今、田宮の頭に浮かんでいたのは昨日出会った渡辺諒の顔だった。

マスコミが押し寄せるのは、亡くなったのが著名人であるからではないのか。マンションに住む著名人――芸能人といえば、と考えたのだが、昨日の美緒の言葉も田宮は思い出し、特定はできないかと考えを改めた。

美緒曰《いわ》く、あのマンションには芸能人が住むと話題になっているということだった。噂になるほどであるから、複数住んでいるのではないだろうか。

だとすれば亡くなったのは諒とは特定できない。そもそも諒が自殺をするとは考えがたい。ドラマのレギュラーが決まったと言っていたことだし、と田宮は昨日の彼やマネージャーとのやりとりを思い起こした。

『できんのかな、俺に』

不安そうにはしていた。が、酔っていたとはいえ、かなり不遜な態度を取られたことを思うと、自殺などするだろうかと首を傾げる。

何にせよ、高梨が夜には話してくれることだろう。それまでは考えるのをやめようと田宮は気持ちを切り替えると、目的の本を探し、本棚の間を暫く行き来したあと、カウンターへと向かった。

司書の藤林はおらず、他の年配の女性に貸し出しの手続をとってもらった田宮は、本が結構重いこともあって一旦マンションに戻ることにした。

パトカーは駐車場にはもういなかった。マスコミと思しき人間もマンション前にもロビーにもおらず、報道はこれからされるのだろうかと思いながらエレベーターに乗り込み自室を目指した。

マンション内の誰が亡くなったのか、田宮が知ったのは夕方のニュースだった。

『俳優の渡辺諒さんが自宅で亡くなっているのが発見されました』

「えっ」

夕食の仕度をしていた田宮は、テレビから聞こえてきた名前に驚き、思わず画面の前に走った。

事務所のプロフィールにあった写真が画面に映ったあと、彼の所属事務所の外観に切り替わり、レポーターがカメラに向かって話し出す。

『渡辺諒さんは女性に人気の舞台を中心に活躍していましたが、テレビドラマにも出演が決まり、まさに順風満帆といった状況でした。彼の自殺に多くのファンのかたがショックを受け、ＳＮＳにも追悼の言葉が溢れています』

『遺書などはあったのでしょうか？』

キャスターが問いかけるとレポーターは、

『詳しいことは、何も発表されていません。ネット上に、浴室で手首を切ったという書き込みがなされていましたが、信憑性《しんぴょうせい》についてはわかっていません』

『わかりました。何か動きがありましたらまたお知らせください』

画面が痛ましそうな表情を浮かべたキャスターに切り替わる。

『若い命が失われるのは、本当に残念です』

「…………」

本当にそうだ。田宮は暫く画面の前で呆然としていた。

亡くなったのはあの、渡辺諒だった。昨日会ったばかりの人間の死に、田宮は少なからず動揺していた。

蛍光色のブーメラン形の水着にサングラス。態度は決していいとはいえないものだった。泥酔していたからか、物言いも乱暴ではあったが、田宮が本当に自分を知らないとわかると落胆した様子になった。

こうしてニュースになるのだから、充分知名度はあったのだ。人気もあったのだろう。自分が疎《うと》いだけだった、と田宮はポケットからスマートフォンを取り出し、ネットのニュースを見た。

渡辺諒の自殺はネットでも報じられ、たくさんのコメントがついていた。

『握手会では元気そうだったのに』

『ドラマ、楽しみにしてたのにどうして』

書き込んでいるファンは一様にショックを受けているようだった。

『手首を切ったって本当なんだろうか』

『自殺じゃお別れの会とか、やってもらえないかな。悲しいな』

読んでいるうちにしんみりしてきた田宮だったが、夕食の仕度の途中であったことを思い出し、スマートフォンをポケットに仕舞うとキッチンに戻ったのだった。

高梨はその夜、比較的早い時間に帰宅した。

「下に写真週刊誌が来とったわ」

「……そうか」

高梨が顔を顰《しか》めるのに、田宮も同じく顰めつつ頷く。

「それが仕事なんやろうけどな」

「うん」

やりきれない、と頷いた田宮に高梨が、諒の自殺のあらましを教えてくれる。

「自殺についてはもう報道されとるけど、遺書もあったそうや。発見者はマネージャーで、今朝、待ち合わせ場所に現れないのを訝って部屋を訪ねたところ、浴室で手首を切っているのを発見したんやて」

「……そうなんだ……」

田宮の脳裏に、昨日会ったばかりのマネージャー、和田の顔が浮かぶ。さぞショックを受けていることだろう、と溜め息を漏らした田宮に、高梨が話しかけてきた。

「同じマンション言うても、世帯数が多いさかい、顔を合わせたことはなかったわ。ごろちゃんは？」

高梨としては自分に対し『俺もない』というリアクションを予想していたのではないかと思う。五百世帯もあるのだから知らない可能性のほうが高いだろう。

しかし知っている。高梨を驚かせることになるだろうなと思いながら田宮は、

「実は……」

と、昨日の出来事を語り始めた。

「昨日、プールサイドで会ったんだ。渡辺諒さんにもマネージャーの和田さんにも」

「なんやて？」

今度の予想は正しく当たった。相当驚いている様子の高梨に田宮は、プールサイドで諒に絡まれたあとに和田に部屋につれていかれた話を明かしたのだった。

「……なんとも……驚いたわ」

話を聞き終わったときも高梨は呆然としていた。

「今の話を聞いた感じやと、自殺、いうには違和感を覚えるな」

ぼそ、と呟いたあとに高梨は、はっと我に返った顔となると、

「ああ、かんにん。なんでもないわ」

と笑って誤魔化そうとした。

「実は俺も違和感があるんだ」

捜査にかかわることゆえ、高梨は軽々しく口にはできないと思ったのだろう。わかっているだけに田宮は迷ったのだが、情報として頭に入れてもらうくらいはいいだろうと話す気持ちを固めたのだった。

「ごろちゃんの違和感は？」

「死ぬことを考えているようにはとても見えなかった。知名度については少し気にしているようにも見えたけど、それほど落ち込んでいるようではなかったし……突発的にそんな気分になったのかもしれないけれど、少なくとも俺の印象としては、自殺しそうなタイプには見えなかった」

言いながら田宮は、とはいえ自分はいわば『通りすがり』であり、かかわりがあったわけではまったくない人間だということに今更気づいていた。

「……ほんの一瞬、擦れ違った程度だから、俺の言うことには信憑性はまるでないだろうけれど」

「いや、参考になるよ。ありがとな」

高梨は笑顔で礼を言ってくれたが、それも気遣いだろうと田宮は察し、更に申し訳なく思った。

「暫く、写真週刊誌は下で待機するかもしれへんな。騒がしゅうなるけど、あまり気にせんようにな」

「うん」

高梨が言葉を選んでいるのがわかり、更に申し訳なく思う。高梨は田宮がマスコミを恐れていることを感じてはいるが、それを自分には悟らせまいとしていると察しているからだった。

警視庁のキャリアに同性のパートナーがいる。それだけで話題になりそうな上、そのパートナーが以前、暴力団に拉致され覚醒剤を打たれたなど、マスコミが飛びつきそうなネタである。

記事が出れば高梨に迷惑がかかることは百パーセント間違いない。それでマスコミ関係者との接触を田宮はできる限り避けたいと思っているのだった。

「自殺いうことで捜査もされることはまずないやろうけど、もし所轄の刑事から事情を聞かれたときには、僕にも一応、教えてや」

そう言うと高梨は、

「そういや、姉貴から怒られたわ」

と話題を変え、事件についてはもう話す気はないようだなと察した田宮も彼の話題転換に乗ったのだった。

翌朝、高梨を見送ったあとに田宮がテレビをつけてみると、朝のワイドショーでは軒並み、諒の自殺を取り上げていた。

現場となったマンション——田宮の住むマンションの映像も何度も映った。インタビューされている住民も何人か映ったが、諒が住んでいたことを知っていたと答えた人はいなかった。

『ニュース見ても知らなくてね。娘に怒られました。有名なんだって』

顔出しはしていなかったが　スーツを着た中年男性がそんなコメントをしていたのを受け、スタジオで司会者やコメンテーターが話し出す。

『若い女性には今も充分、人気があったんですが、今度、連続ドラマのレギュラーが決まっていましたから。どんどん有名になっていったと思うだけに残念です』

『これからってときなのに、本当に……』

「…………」

本当に、これからというときだったのに。田宮もまたしんみりしてしまいながらテレビを消したそのとき、テーブルの上に出しっぱなしにしておいた携帯から着信音が響いた。

「あ」

画面を見て、かけてきたのが富岡とわかり、応対に出る。

「どうした？」

『田宮さん、これから行ってもいいですか？』

富岡は少し、焦った声音を出していた。

「いいけど、お前、仕事は？」

今日は平日なので休みということはないはずだが、と問い返した田宮に富岡は、

『なんとでもなります』

と即答すると、あと三十分で行く、と言い、電話を切ってしまった。

急に来るとはどうしたことか、と田宮は考えたが、すぐ、答えと思しきものに行き当たった。多分富岡はニュース映像か何かで、渡辺が自殺したのが田宮と高梨の住むマンションだと知り、それで様子を見に来るのではないだろうか。

このマンションは富岡――に懸想している、アランからの紹介だった。富岡が必要以上に気に病んでいないといいのだがという田宮の心配は、杞憂には終わらなかった。

「本当にすみません。ご迷惑をおかけすることになって……」

きっちり三十分後に現れた富岡は、それこそ土下座せんばかりの勢いで田宮に頭を下げてきた。

「なんでお前が謝るんだよ……っていうか、その格好、どうした？」

田宮が思わず富岡にそう告げたのは、彼が会社員とは思えない服装をしていたためだった。

「え？」

あまりに驚いてみせたせいか、富岡が逆に驚いたように顔を上げる。

「どうしたって……変ですかね？」

自身の身体を見下ろす富岡に田宮は、

「スーツじゃないんだ？」

と問い返した。

「ああ、そういうことですか」

なんだ、と富岡が安心したように笑う。

「今の会社、スーツのほうが珍しいんです。一応ジャケットを着ていればなんでもアリなもので。つい楽な方に走ってしまって」

少し照れたように笑う富岡の服装はとても『楽な方に走った』ものとは思えない、いわゆる、今時の流行に見えた。

ジャケットの下は白いTシャツではあるが、どう見てもどちらも高級ブランド品のようである。

「お洒落《しゃれ》なオフィスなんだな」

「場所も場所ですしね。しかしスーツじゃなくなって逆に朝の仕度には時間がかかるようになりました。まあ大分慣れてきましたが」

富岡は肩を竦めてそう言ったあと、はっと我に返った顔になり、

「いや僕のことはどうでもよくて」

と身を乗り出してきた。

「ニュースでやってる、若い俳優の自殺現場、このマンションですよね？　今も下に記者らしい人間が大勢いましたし……本当に申し訳ないです」

「富岡が謝ることじゃないだろう？　それにまったく迷惑なんてかかってないから、安心し

てくれよ」

「いや、謝ることですよ。アランにマンション選びを任せた俺が馬鹿でした。引っ越したくなったら言ってください。今度は僕が自分で探します。芸能人なんて絶対住んでいないような物件を」

きっぱりと言い切った富岡は、心底後悔しているように見える。彼が気にすることでは絶対ないから、と田宮は本人以上にきっぱりとした口調でそれを伝えることにした。

「大丈夫だよ。ここを紹介してもらえたことは本当に感謝している。でも引っ越しとか考えていないし、これ以上、お前に迷惑をかけるつもりもないから！」

「田宮さん」

富岡が遮ろうとするのを田宮は、

「本当に、大丈夫だから」

と強引に遮り返した。

「引っ越す気はないよ。わざわざありがとな。もう、仕事に行ったほうがいいんじゃないか？」

「…………午後から行くことにしているので、大丈夫ですよ」

溜め息交じりに富岡がそう言い、ちらと田宮を見る。遠慮しているだけなのではないかと言いたげな彼に、田宮は自分から話題を振っていくことにした。

「最近はどんな感じなんだ？　あ、アランはどうした？　お前の勤務先を買収しようとしたのを激怒してやめさせたってところまでは聞いたけど」

「……買収なんてしたら一生口をきかないと言ってやったらようやく諦めました。本当にあいつはいくら言ってもああいうところが直らないんですよ。反省してもすぐ忘れる。ニワトリなみの頭しかないみたいで。この間も一緒に観ていた番組が軽井沢特集で、いいなと一言言ったらもう、軽井沢に別荘を買うなんて言い出すんです。アホじゃないかと」

物言いはきついが、『一緒に』テレビ番組を観たりはしているのだなと田宮は気づき、微笑ましい気持ちになった。

「今、アランは？」

「アメリカに帰ってます。親から呼び戻されて。でもまたすぐ戻ってきますよ。そのつもりだと本人も言ってましたし」

「そうか」

以前、アランは両親から期限内に富岡を連れて戻らなければ諦めるようにと言われていたはずである。その件はどうなったのだろうと田宮は気になったが、聞くのも悪いかと躊躇《ちゅうちょ》していた。

それを見越したのだろう、富岡が溜め息交じりに話し出す。

「アランの両親は僕がアランのために危険な目に遭ったことを随分気にかけてくれているようです。なんの誤解だか、僕がアランを護ったと思っているようで。それであまり厳しいこ

とは言わなくなったようです。もともと、末っ子のアランには甘いんでしょうけど」

またも、やれやれ、と溜め息を漏らしてはいたが、富岡はさほど嫌がっているようには見えなかった。

徐々に二人の関係には変化が表れているということだろうか。そんなことを考えながら田宮はそれから暫く富岡と、最近のアランのやった『とんでもないこと』の話題で盛り上がった。

その後話題は高梨の体調に及び、完全復活して一昨日から通常勤務となったと田宮が告げると、

「それはよかったですね」

と富岡は我がことのように喜んでくれた。

「で、田宮さんはどうするんです？」

高梨が復帰するまでは支えたい、と以前田宮が言ったことを富岡は覚えていたようで、改めてそう、問いかけてきた。

「声かけてくれたところ、断ったんですよね？　前にそう聞きました」

「ああ。迷惑をかけることになりかねないから」

「迷惑だなんて」

思わないんじゃないかなと富岡は言いかけたが、

「いくら人から言われても、田宮さんが気にするのは止められませんしね」

と苦笑した。

「何度も誘ってますけど、ウチはそういうの一切、気にする人間いないんで大丈夫ですよ」

「大変ありがたいけど、英語できないから無理だ」

「英語……まあ、使いますけどね……」

うーん、と富岡が唸《うな》る。

「何か、資格でも取ろうかと思ってる。とはいえ時間はかかりそうだけど」

この話題はあまり引っ張りたくはない。それで田宮は切り上げようとしたのだが、何事にも聡《さと》い富岡はすぐに察したらしく、

「のんびりやるといいですよ。田宮さん、前の会社で働きすぎってくらい働いてましたから」

と綺麗《きれい》にまとめてくれた。

その後、三十分くらいあれこれと話をしたあと、会社に向かうという富岡を田宮は駅まで送りがてら、買い物に出ることにした。

「まだ、記者がいますね」

エントランスを突っ切りながら、富岡がぼそりと田宮に囁く。

「前にアランに聞いたんですが、このマンション、かなり有名な芸能人が四、五人住んでいるそうです。誰と誰、と名前も教えてもらったんですが、その中に亡くなった俳優の名前は

なかったような……」

「そうなんだ」

美緒の言ったとおり、芸能人は住んでいるのかと納得していた田宮は、続く富岡の問いにどきりとさせられることとなった。

「亡くなった俳優、僕は知らなかったけど田宮さん、知ってました？」

「いや……知らなかった」

昨日、プールサイドで会うまでは。もしもあの一件がなかったら自分も『知らない俳優がこのマンションで亡くなったのか』くらいにしか思わなかったことだろう。

亡くなる前日にかかわり——というほどのものではないが——ができるとは、どうした偶然かと思う。

それにしても、思い返すにやはり、あれから一日も経たないうちに自ら命を絶つようには見えなかったが。いつしかぼんやりと一人の思考の世界に漂っていた田宮だったが、富岡に声をかけられ我に返った。

「もしも記者が絡んできたらご一報ください。アランに排除させますんで」

「そうそうアランの世話になるわけにはいかないよ。それ以前に俺に声をかける記者なんていないと思うから」

「用心に越したことはないという話ですよ。田宮さん、何かと巻き込まれ体質だから」

心配そうにそう言われ、見抜かれていたか、と田宮はこっそり首を竦めた。

これで『前日にプールで絡まれた』などと言おうものなら、富岡は大仰に騒ぐに決まっている。その光景が目に浮かぶ、と田宮はこのまま富岡には何も言わずにいようと心を決めた。

「急に押しかけてすみません。就職についても何でも相談してくださいね」

地下鉄の入口まで送った田宮に富岡はそう言い、笑顔を向けてきた。

「ありがとう。お前も仕事頑張れよ」

「はい。それじゃあ」

階段を下りていく富岡を見送ったあと、田宮は踵を返すと買い物をするため、マンション近くにあるスーパーへと向かった。

自分の昼食用と二人の夕食用の買い物を済ませ、マンションへと戻る。マンション周辺には相変わらず、記者と思しき人たちがたむろしていた。

中には住民に取材を申し入れているらしき男もいる。声をかけられないよう気をつけよう。そう思いながら田宮が足早にエントランスへと向かおうとしたそのとき、

「久し振りだな」

背後から男の声がしたと思ったときには、その人物が田宮の前に回っていた。こうも強引に足を止めさせるとは、と半ば呆れながら顔を見やった田宮は、驚きのあまり声を上げてしまった。

「あなたは……っ」

「驚くのはコッチだ。まったく、なんの因果で……」

やさぐれた喋り方。目立つ長身。髭《ひげ》こそ綺麗に剃っているが、無造作な髪型といいスーツを着崩した感じといい、あまり真っ当な職についているようには見えない。

そう。彼は今、探偵事務所に勤務しているはずだった。ちょっと怪しげな雰囲気の——呆然としていた田宮を、男は睨むようにして話し出す。

「亡くなった渡辺諒について話を聞きたい」

「えっ」

田宮に更なる驚愕を与えた男の名は、雪下聡一《ゆきしたそういち》。

高梨の昔馴染みであり、かつ、現在良好な関係を築いているとは言いがたい彼と田宮はかつて一度、顔を合わせたことがあった。

その彼がなぜ、亡くなった諒についてコンタクトを取ってきたのか。わけがわからない状況に田宮は、思考力を働かせることができず、ただただ雪下の顔を見つめていた。

4

「コーヒーでいいよな」

突然の雪下の登場に動揺したこともあった。しかし田宮が雪下に請われるがまま、マンションの近くのカフェに同行したのは、雪下の現状を知りたいという気持ちのほうが大きかったためだった。

雪下は高梨のもと同僚――刑事であったが、懲戒免職になった。とはいえ悪事を働いたわけではなく、街中での犯人確保に際し発砲したことが問題になったと、田宮は高梨から聞いていた。

「あ、自分で買います」

先に席に着いたあと、セルフサービスの店だったので雪下が買いに行こうとするのを、田宮はそう断ったのだが、雪下はそんな彼に一言、

「座ってろ」

と告げ、カウンターへと向かっていった。

確か彼の勤め先の名は『青柳《あおやぎ》探偵事務所』といった。『青柳』は所長の名で、探偵事務所

といいつつ、ホストのような外見だった記憶がある。

以前、田宮は、チンピラに襲われそうになったところを雪下に救われ、事務所に連れていかれたことがあった。そのときには富岡も一緒だった記憶があるが、雪下の勤務先は今もあの事務所なのだろうか。

カウンターでコーヒーを買う雪下を見守りながら田宮は、なぜ彼が渡辺のことを探っているのかと、改めて疑問を覚えた。

「ほら」

戻ってきた雪下が田宮にコーヒーを差し出してくる。

「ありがとうございます。払います」

財布を出そうとした田宮に雪下は、

「それより」

と身を乗り出すと、質問を始めた。

「亡くなった俳優の渡辺諒、知っているよな？」

「……はい、まあ……」

昨日までは知らなかった。今は知っているから『はい』だろう。頷いた田宮に更に身を乗り出すようにし、雪下が問いを重ねる。

「昨日、プールサイドで彼とトラブルがあったよな？　どういったことで揉めたんだ？」

「えっ？」

思いもかけない雪下の言葉に、田宮は思わず声を上げてしまった。

「どうしてそれを……？」

確かにトラブルはあった。が、すぐさまマネージャーに部屋に連れていかれた。一体誰が気づいたというのか。驚いていた田宮だが、続く雪下の答えには、驚きを新たにすることとなった。

「監視カメラの映像を観た。昨日の午後三時頃、渡辺はプールでお前と揉めた。一体何について揉めていたんだ？」

「監視カメラの映像って、見られるものなのですか？」

警察でもないのに、と言いかけた田宮を、雪下がじろりと睨む。

「正式な手続きを踏んでいるし警察の許可も得ている」

「………」

本当だろうか。しかし確かめるのも失礼か。訝ったものの、『嘘でしょう？』と問うのも憚《はばか》られ、田宮はじっと雪下を見つめた。

「マンションの管理体制については安心していい。ジムでお前の部屋番号を確認しようとしたが教えてくれなかった。それでエントランスで張っていたんだ」

雪下が面倒くさそうにそう告げ、田宮から視線を逸らす。

マンションの住民は軽く五百人はいる。エントランスで張っていたというが、今もエントランスは多くの人が行き来していた。

自分がいつ通るか、まったくわからない状態でよく見つけ出したものだ。さすがもと刑事、と田宮は感心してしまった。

「で」

と、雪下の視線が再び田宮へと向けられるが、その目は今まで以上に鋭いものだった。

「渡辺と揉めた理由は？」

「……揉めたというか……」

田宮は答えかけたものの、果たして諒とのやりとりを他人に教えていいものかという迷いに、ここで行き当たった。

一連の出来事については、マネージャーの和田から口止めをされている。諒が亡くなったとはいえ、その約束がなくなったわけではない。

どうするか。口を閉ざした田宮に雪下がむっとした様子で声をかける。

「俺が信用できないか」

「いえ、そうじゃなく……」

口外しないと約束したから、と田宮は言おうとしたが、そういえば雪下はなぜ、諒のことを聞き出そうとしているのか、その理由をまだ聞いていないと、今更のことに気づいた。

「あの、雪下さんはどうして渡辺さんのことを調べていらっしゃるんですか？」

「………………」

田宮の問いは至極まっとうなもののはずだった。問うなら理由を教えてほしいというのは誰しも思うことであろうに、それに対する雪下の答えは、

「探偵には守秘義務がある」

という、あまりに不親切なものだった。

「『青柳探偵事務所』に、今もお勤めなんですね？　新大久保でしたっけ」

確認は取っておこう、と問いかけると雪下は、

「よく覚えてるな」

と、『嫌そう』としかいいようのない表情となる。

答えはどちらなのか。雪下を信用していないわけではないが、彼の口からはっきり、今の勤務先となぜ渡辺のことを調べているのか、その理由は聞きたい、と田宮は改めて彼に問いかけた。

「青柳探偵事務所にお勤めなんですね？　どうして渡辺さんのことを調べていらっしゃるんですか？」

「だから守秘義務だと言っただろう。勤務先は変わってない。さあ、とっとと話してくれ。時間がもったいない」

雪下はどうやら気分を害したらしく、それまで以上の愛想のなさで言い捨てたかと思うと、きつい目で田宮を睨んで寄越した。

「………」

どうするか。田宮が言い淀んでいたのは、マネージャーとの約束があったからだが、雪下はそう取らなかったようだった。

「こっちが理由を話さない限り、話す気はないと言うんだな?」

そう言ったかと思うと、

「待ってろ」

と言い捨て、カフェの外に向かっていく。

店を出る前、スマートフォンを取り出していたところを見ると、電話をかけにいったらしい。その隙に、と田宮は高梨に連絡を入れようとしたのだが、思いの外早く雪下は戻ってきてしまった。

「所長から説明する。それでいいだろう」

「えっ」

別に雪下を疑っているわけではないのだが。そう言おうとした田宮だったが、雪下は聞く耳を持たず、

「行くぞ」

とコーヒーの載ったトレイをテーブルから取り上げてしまっていた。

「あ、あの……」

「時間は取らせない」

行くぞ、と雪下が先に立って歩き出す。

「………」

どうしよう。迷ったのは一瞬だった。

なぜ雪下が諒のことを調査しているのか。探偵事務所まで行けばその理由がわかるのだ。渡辺の死は自殺と報道されていたが、昨日の感じからして、彼が自ら命を断ったというのには田宮も違和感があった。

もしや他殺なのではないか。だから雪下が調べているのでは。

そう思いついてしまっては、話を聞かずにはいられなくなったのだった。

「はい」

頷き、あとに続いた田宮を、雪下はちらと肩越しに振り返ったものの、何も言わずにトレイを片付け、そのまま出入口へと向かっていく。

カフェを出て少し歩いた路上のパーキングに雪下は車を停めていた。愛想の欠片《かけら》もない様子で田宮を助手席に乗せるとすぐに彼は車を発進させたのだが、乱暴な運転ぶりに田宮はかつて一度だけ彼の車に乗ったときのことを思い出していた。

車中、会話はほぼなかった。時折運転席を窺うも、雪下はじっと前を向いてハンドルを握っており、話しかけてくる気配はない。かといって田宮からあれこれ問うことも憚られ、いたたまれないような静寂の中、田宮はこれからどうするかを考えていた。

まずは諒との諍いについて。明かすか明かさないか。理由によっては明かしてもいいのか。しかし理由とはなんなのだろう。

やはりまずはそれだよな、と一人頷いていた田宮だったが、その様子をちらちらと運転席から雪下が窺っていることには気づかずにいた。

やがて車は新大久保の古びたビル前に到着した。一度、連れて来られたことがある、と田宮の記憶がまざまざと蘇る。

建物の外に車を停めると雪下は無言のまま車を降り、外付けの階段を上り始めた。田宮もあとに続く。

三階まで階段を上ると、雪下は一番奥の部屋のドアを、ノックもなしに開いた。

「おかえり、雪下君。いらっしゃい、田宮さん」

奥のデスクから立ち上がり声をかけてきたのは、この探偵事務所の所長、青柳だった。

探偵というよりは、人気ホストといったほうが適しているような男である。すらりとした長身で、非常に顔立ちが整っている。そう、片耳にピアスをしていたのだった、と懐かしいその姿を田宮はまじまじと見やってしまっていた。

少し長めのオールバック。着用しているスーツは上質であることが一目でわかる。にこやかに微笑み、声をかけてきたその顔にも声にも、相変わらず『夜』の雰囲気が漂っている。

「久し振りですね。高梨警視はお元気ですか？」

ソファを手で示した青柳が、笑顔で田宮に声をかけてくる。

「……はい」

彼もまた自分のことをよく覚えているようだ、と田宮が見つめる先、青柳がにこやかに微笑み問いかけてくる。

「まずはお茶でもどうぞ。コーヒーと紅茶、それに緑茶か。あとはミネラルウォーターもありますが何がいいですか？」

「いえ、どうぞお構いなく」

田宮は本心で言ったのだが、青柳は田宮が遠慮していると思ったのか、はたまた自分が飲みたかったのか、

「お茶くみを呼んでこよう」

と立ち上がり、事務所の奥に通じる扉へと向かってしまった。

青柳が部屋を出たあと、田宮は雪下と二人きりとなってしまったが、口を開く気配のない彼を相手に沈黙を持て余した。

「…………」

場が持たないということもあり、田宮は雪下に向かい何か話そうとした。が、一瞬早く、雪下が田宮に問いを発してきた。

「高梨は元気か」

「え?」

唐突な問いに田宮は一瞬、頭が真っ白になった。が、答えねばと気持ちが急《せ》いたせいで、事実をそのまま告げてしまった。

「ようやく普段どおりとなりました」

「普段どおり? 怪我でもしたのか? それとも病気か?」

雪下に突っ込まれ、田宮は尚も慌てた。が、隠すことではないかと、事実を伝えることにした。

「怪我です。腹部をナイフで刺されて」

「……それは……大変だったな」

雪下は一瞬、何か他のことを言おうとしたように田宮には見えた。が、無難な発言に終わったのに対し、答えを返す。

「はい。大変だったと思います。回復してよかったです」

「そうか……」

雪下が考え込む素振りをしている。もっと詳しい話が聞きたいということだろうか。しかしそれこそ話していいものかと田宮もまた黙り込み、沈黙が室内に流れた。

と、そこに、

「待たせてごめんね」

という声と共に、青柳が奥のドアからコーヒーを載せた盆を手に戻ってきた。

「高太郎《こうたろう》が行方不明で。田宮さん、コーヒーはブラックでいいですか？」

「あ、はい。本当にお気遣いなく……」

彼の登場に田宮はどこか安堵しつつ、サーブされたコーヒーに礼を言った。

「ありがとうございます」

「さて、そろそろ本題に入らせていただきましょうか」

青柳がにっこり笑い、自身もコーヒーカップを手に取ると問いを発する。

「昨日、亡くなった渡辺諒さんとプールで揉めていた理由をなぜ我々が知りたいか。説明します」

そう言ったかと思うと青柳はまさに立て板に水の如く、説明を始めた。

「保険会社からの依頼です。渡辺諒さんの不審死は自殺か他殺か。自殺だと保険金を支払わない契約なので、それで彼が亡くなる前の様子を調べていたというわけです」

「そうだったんですか」

相槌を打ったものの田宮は青柳の言葉に違和感を覚えた。

保険会社が探偵事務所に調査を依頼するものなのだろうか。訝しんでいたのがわかったらしく、青柳が苦笑しつつ言葉を足す。

「我々には独自の調査手段がありますので。信用するもしないも田宮さん次第ですが。そうだ、他殺と判断できる材料が出たら、田宮さんにも提供する。それでどうです？　警察の捜査にも役立つんじゃないかな？」

「……それは……」

高梨に——警察に告げてもいいということだろうか。確認を取るより前に青柳が笑顔で頷く。

「もちろんです。犯罪を通報するのは国民の義務ですから」

「…………はあ…………」

何がどう、というわけではないが、どうも胡散臭く感じるのは、青柳の外見のせいか、はたまた人を食ったような喋り方のせいか。

しかしどちらにせよ、高梨の役に立つのなら、と田宮は話す決意を固め、まずは口止め、と話し始めた。

「実は昨日、渡辺諒さんのマネージャーから、この件に関しては口外しないでほしいとお願いされています。なのでこの場限りということにしていただきたいのですが」

「大丈夫です。探偵には守秘義務があります。信用してください。あなたの名前が出ることも、あなたの喋ったことがマスコミに流れることもありませんので」

青柳はどこまでもにこやかだった。笑顔が完璧に決まりすぎていてやはり胡散臭いと田宮は思ったが、さすがに口に出すことはせず、

「ありがとうございます」

と礼を言った。

「それで？　何があったんです？」

青柳に問われるまま、田宮は昨日の出来事を話した。

「なるほど。渡辺さんが酔っ払ってプールに入ろうとしていたので、それをあなたが止めた、それで逆に絡まれたところにマネージャーがやってきて、部屋に連れていかれ、口止めされた……そういうことですね」

「はい」

田宮が話し終えると、青柳がざっとまとめて確認を取る。

「それまではまったく面識はなかった」

「はい」

「泥酔している様子だったから、声をかけた……田宮さん、あなた、善人ですね」

「え？」

からかわれているのだろうか。思わず問い返した田宮の声は我ながら尖《とが》ったものになって

いた。

「正義感が強い、のほうがいいかな。普通は見て見ぬふりでしょう。それを注意するだなんて、さすが、と素直に感心したんですよ」

青柳が目を見開きつつ、そんなフォローの言葉を告げる。

「……いや、そんな……」

喋り方だろうか、表情だろうか、なんとも嘘くさく感じるなと思いながらも田宮は、それも言うことができずに俯《うつむ》いた。

「マネージャーが口止めをするのもわかります。渡辺諒は爽やかイケメン枠で売っていたようですし、プールで泥酔して住民に絡む等、マスコミにすっぱ抜かれたら大幅なイメージダウンになります。今度の初レギュラーだというドラマの役も、爽やかな大学生というものでしたしね」

「そうなんですか！」

ドラマがなんであるかも発表されていないというのに、役柄まで把握しているのかと田宮は驚いたあまり、思わず声を張ってしまった。

「そう聞いています」

「……凄いですね」

その情報網はどこから、と心底感心していた田宮に、

「まあその辺は蛇《じゃ》の道はヘビということで」

青柳はにっこり笑うと、それ以上の追及はさせまいというのか、問いを重ねてきた。

「部屋にいらしてからの渡辺さんの様子と、そこで交わした会話についても教えてもらえますか？」

「あ、はい」

頷きはしたが、会話らしい会話は交わしていない。

『俺はあんたのこと、見覚えあったぜ』

唯一交わしたのは田宮が隠したくてたまらないこの会話だった。

『見覚えある。どこだったか。ネットかなんかで見た気が……』

このことは言わなくても、問題はないに違いない。ちらと罪悪感が胸を掠《かす》めたが、それから目を逸らすと、他にあっただろうかと思考を巡らせた。

「……あ、ドラマのレギュラーについて、『できんのかな、俺に』と弱音めいたことは口にしていましたが、自殺を考えているようには見えませんでした」

あくまでも自分の目から見てだが、と言葉を足した田宮に青柳が、

「なるほど」

と相槌を打つ。

そのとき、バタン、と不意にドアが開いたかと思うと、

「先生！　わかりました！」

と見るからに体育会系の男子が飛び込んできて、田宮は思わずそのほうに注目してしまった。

「沢渡《さわたり》警部、やっぱりクロです！　暴力団から賄賂を受け取ってました！　証拠写真、無事撮ることができました！」

「ええ？」

以前も事務所にいた記憶がある。今、彼は何を言った？　驚いたせいで思わず立ち上がってしまった田宮を見て、飛び込んできた若い男が、

「ああっ」

と声を張り上げる。

短髪でガタイはいいが、顔立ちは非常に可愛らしい、一見、水泳選手のように見える若者だった。

自分を見て顔色を変えた彼を、田宮はつい凝視してしまったのだが、その視線を遮るかのように青柳が立ち上がり、田宮を真っ直ぐに見据えてきた。

「田宮さん、今、聞いてしまいましたね？」

「は？」

何を、と問い返すまでもなく、田宮は青柳の問いたいことを察していた。

『沢渡警部、やっぱりクロです！』

警部——といえば警察官だろう。暴力団から賄賂を貰《もら》っているとは、一体どういうことなのか。

「せんせい……」

水泳選手のような若者が泣きそうな顔になり、青柳の前で頭を下げる。

「すみませ……」

「高太郎、お前は下がってなさい」

そんな彼に青柳はきつい語調でそう命じると、

「あの……あの……」

と尚も謝罪を続けようとする彼に、

「下がれと言っているんだよ」

とにこやかにそう命じ、くい、と顎でドアを示した。

顔は微笑んでいるが目はまったく笑っていない。傍で見ていてもぞっとする、と身を竦ませていた田宮に青柳の視線が移る。

「今のを聞かれてはこのまま帰すわけにはいかなくなりました」

「……え？」

威圧感が半端ない青柳の口調に、目線に、田宮は己の身にこれから何が起ころうとしているのか予測もできず、立ち尽くす。

「ともあれ、座りましょう。あなたとはこれからゆっくり、話をせねばならなくなりましたので」

さあ、と青柳が田宮に座るようにと頷いてみせる。

一体何を話すというのか。果たしてこの場は安全なのか。先程の若者の発言にはどんな意味があるのか。

すっかり混乱していた田宮の脳裏にはそのとき、愛しくて堪らない高梨の、朝見たばかりの笑顔が浮かんでいた。

5

「さて、田宮さん。今、あなたは聞いてはならないことを聞いてしまいました。もらい事故のようなものだと思って諦めてください」

「…………」

諦めよと言われても。諦めた結果、どうなるのかと田宮は身を硬くし、相変わらずにこやかに微笑む青柳を見やった。

「そう緊張しないでください。別にとって食おうとしているわけじゃないですから」

「そうとしか見えないが」

ここで青柳にツッコミを入れたのは意外にも雪下だった。

「雪下君、庇《かば》うつもりかい？」

珍しいね、と青柳が笑うのに雪下が、ぼそり、と吐き捨てる。

「庇うも何も、俺等には彼を拘束する権利はないだろう」

「とはいえ、聞いてしまったものを『聞かなかった』ことにはできない。それもわかるよね？」

青柳は雪下にそう言うと、改めて視線を田宮へと向け、口を開いた。

「いくら口止めをしたとしても、あなたが喋らないという保証はない。先程もマネージャーの和田さんから口止めされている内容を我々に話していますしね」

「あれは……」

守秘義務があるからと言ったからではないか、と田宮は言い返そうとした。が、それより前に青柳が話し出す。

「考えたのですが、いっそ事情を全て話すというのはどうかと。他人に言ってはならない理由がわかっているのといないのとでは、守らねばという意識にも差が出てくるでしょうから」

「まさかすべて明かす気か？　こいつが誰と住んでいるのか、わかっているというのに？」

またも田宮が何を言うより前に雪下が口を出してくる。

「それだけに、このまま帰すわけにはいかなくなったんじゃないか」

青柳は雪下にそう、呆れてみせたあと、田宮へと視線を移した。

「今からお話しすることは相手が誰であっても明かさないでください。身内にも友人にも、そして今同居中の高梨警視には尚更。といっても犯罪めいた内容ではないから安心して聞いてください」

すらすらと、まるで立て板に水のごとく喋り出す。流れがスムーズすぎて、内容が頭に入って来なくなりそうなのを必死で田宮は拾っていった。

「我々の仕事についてまず説明します。『探偵事務所』の看板を掲げてはいますが、一般からの依頼はほぼ受けていません。我々のクライアントは一組織のみです。どこだかわかりますか？」

にっこり。

青柳が田宮の目を真っ直ぐに見つめ、問うてくる。

「どこって……」

保険会社ではないことは察しがつく。先程、高太郎という名の体育会系男子が駆け込んできて報告した内容を思い起こせば、自然と答えは出る。しかし、そんなことがあり得るのだろうか、と眉を顰めた田宮に向かい、青柳はまた、にっこりと微笑むと『答え』を教えてくれた。

「そうです。あなたのご想像どおり、我々のクライアントは警察――正しくは公安です。警察内にはびこる悪の芽が芽吹くより前に摘み取るのが我々の仕事となっています」

「公安……」

ドラマでは耳にしたことがある名称だった。しかし現実としての馴染みはない。戸惑いから声を漏らした田宮に青柳はにこやかな微笑を浮かべたまま説明を続けた。

「公安内には、警察官の不正や勤惰を調べる部署があるのです。不正を働いている疑いのある警察官の身の回りを調査するのが、我が『青柳探偵事務所』の業務であり、そのための証拠集めや調査を日々行っています」

「警察官の……調査……ですか」

実際自分の耳で聞くとインパクトがある。外見はどう見てもボロいとしかいいようのないこの事務所が、そのように重要な任務を行っていたとは、と、田宮はすっかり感心してしまっていた。

「世間的に、業務内容を知られるわけにはいきません。相手に気づかれぬように調べ上げることが必要となりますから。相手は警察官ですし、尾行ひとつとってみても、素人相手にするときの数倍の注意が必要となります。それ以前の問題として」

と、ここで青柳の口調が不意に厳しいものになる。なんだ、と身構えた田宮に心持ち身を乗り出すと青柳は、少し潜めた声でこう告げたのだった。

「我々が公安から仕事を請け負っていることは誰にも知られるわけにはいかない。不正を取り繕われるようなことになっては困るのです」

「………」

確かに。そうした調査を行うとわかった時点で、不正を行っている者たちはこの事務所の人間に対し完全に構えてくるだろう。そうならないための口止めかとわかればもう、同意以外に返事はない、と田宮はきっぱりと頷いてみせた。

「わかりました。一切、他言しません。信じてもらうにはどうしたらいいでしょう。一筆、書きましょうか」

書いたところで信用できないと言われたら終わりだが、それ以外に『喋らない』ことを信じてもらえるかとなった場合、自信がなかった。

「そうだなあ……」

青柳が考え込んでいる。と、そこで思わぬ人間が田宮に、救いの手を差し伸べてくれた。

「一筆とればいいじゃないか。それ以外、対処策はないだろう？」

青柳にそう告げた雪下を、田宮は思わず見やってしまった。

「コッチに非があるのは明白だ。それにいつまでも事務所に閉じ込めておくわけにはいかないじゃないか」

田宮をちらと見返したあとに、雪下は青柳に視線を戻すと、ぶっきらぼうとも取れる口調でそう言い放った。

「睨むなよ。勿論、こちらが悪いことは重々承知しているさ」

青柳が苦笑し、雪下を見やる。

「君がムキになるなんて珍しいね。高梨警視絡みだからかな？」

「別にムキになどなっていない。そっちこそ、いくらでも誤魔化しようがあっただろうに、なぜべらべらと正直にすべてを明かすのか、理解に苦しむぜ」

雪下が吐き捨てるのに青柳は、

「誤魔化せないよ。何せ田宮さんのバックには高梨警視がいるからね」

ぱちりとウインクしてそう言うと、「ケッ」と悪態めいた声音を発した雪下から視線を再び田宮へと戻してきた。

「内輪揉めとはまた恥ずかしいことをしてしまった。ときに田宮さん、今、どちらかにお勤めですか？」

「え？」

またも唐突に話題が変わった。ついていけないこともあって田宮は、戸惑いの声を上げたのだが、青柳に突っ込まれ、頷かざるを得なくなった。

「平日の昼間にジムやプールにいらしていたので、お勤めはされていないのかと思ったんですよ」

「……はい。今は職を探しています」

職を探しているまでは言わなくてよかったか。無意識のうちに、ぶらぶらしているわけではないと主張したかったのだろうか。馬鹿げた見栄だ、と田宮は言った傍から反省してしまっていた。

「職を探している？　そうなんですか？」

流してほしかったのに、青柳がきっちりそこを拾ってくる。

「ええ、まあ……」

実際、職は探している。その前に有益な資格をとるつもりである。そこまで説明することはないかと、田宮は頷くに留めたのだが、それを受けた青柳の発言は彼の想像を超えるものだった。

「ちょうどいい。それならウチで働きませんか？　まさに求人を募るところだったんですよ」

「……は？」

今、自分は何を言われたのか。日本語なので理解できないことではなかったが、あまりに想定外すぎて田宮は自分が幻聴でも聞いたような気持ちになっていた。

「需要と供給が一致したということですよ。我々は人手がほしい。田宮さん、あなたは職がほしい。口を封じるには味方に引き入れるのが一番だというのは、いにしえから言われていることです。是非、あなたには我々の仲間になってもらいたい」

「……はあ？」

本気で言っているのだろうか。田宮は今やすっかり混乱してしまっていた。

冗談なのか。そのほうがまだ信憑性がある。しかしにこやかにはしていたが、青柳が冗談を言っているようには見えなかった。

「何を言っている」

田宮同様、雪下も仰天した表情を浮かべ、大きな声で突っ込んでいる。

「秘密を共有する、運命共同体になるのが一番の得策だと思わないか？　しかも今、田宮さんは職を探している。高太郎が生意気にも就職活動をするからバイトはできないと今朝、言ってきたのを忘れたか?」

対する青柳は、やはり立て板に水のごとく、べらべらと喋り続けていた。

「なに、田宮さんは君のように、もと警察官じゃない。見たところ前職はサラリーマンか何かですよね?」

「あ、はい」

すっかり気を呑まれてしまっていた田宮は、問われるがままに頷いてしまった。

「でしたらあなたは内勤オンリーということにしましょう。調査には危険が伴うこともありますが、内勤ならその心配はありません。高太郎ができていたことです……いや、できてはいなかったか。しかし普通の人間であればこなせる業務ですよ」

「あのなあ」

田宮はただただ圧倒されていたが、雪下は慣れたものなのか、青柳の言葉を怒声で遮った。

「忘れたわけじゃないだろう? 彼の同居人は高梨だ。警視庁の刑事……警視だぞ。調査内容が筒抜けになる可能性をなぜ考えない」

「それは……っ」

自分が喋る前提なのか、と田宮は言い返そうとした。

「田宮さんを信用できないと?」

青柳が大仰に目を見開く。

「なぜ信じられる？」

憮然《ぶぜん》としたように言い捨てながらも、雪下がちらと田宮を見る。罪悪感めいた感情が顔に浮かんでいるように見えるのは気のせいだろうかと思っていた田宮の前で、青柳が、やれやれ、というように溜め息をついた。

「僕が一体何年、この仕事をしてると思っているんだい？　顔を見ればわかるんだよ。信用できるかできないか」

「それこそ信用できない。単なる面食いじゃないか」

雪下は尚も吐き捨てたが、表情は幾分、和らいだものになっていた。

「面食いであることは否定しないが、僕の好みのタイプは筋骨隆々の体育会系馬鹿だ。それもわかっているだろう？」

青柳の言葉を聞いた田宮の頭には、先ほどひどく叱責されていた『高太郎』という若者の顔が浮かんでいた。

「そんなことは聞いちゃいない」

雪下は呆れた顔になっていた。すっかり脱力した様子で青柳を見やったあと、視線を田宮へと向けてくる。

「別にあんたを信用できないと言っているわけじゃない。だがもし、我々の調査対象が高梨になったら？　高梨の部下や上司になったら？　黙っていられるか？」

「…………」

雪下の問いに田宮は一瞬、答えに詰まった。

それで反対したのか、と察したと同時に、雪下の優しい心根に気づき、なんともいえない気持ちになる。

雪下と高梨はまだ、以前のような親しい関係には戻っていない。高梨の気持ちも雪下の気持ちも想像することしかできないが、互いを思いやっているのではないかと、思えて仕方がない。

実際のところ、二人が関係回復をしたいかどうかはわからない。だがもしも自分が雪下と共にいることが、何かのきっかけになるとしたら。雪下と共に働いていることを高梨に伝えることはできないが、雪下の今の様子を傍で見ることはできる。

「いつまでも、とは言いません。新しい職が見つかるまでのつなぎでかまいません。その間に我々も信頼できる人間を探しますので。ああ、勿論、ずっと続けてもらってもかまいませんけど、正直、たいして給料を支払えるわけではありませんのでね」

それでも、と逡巡《しゅんじゅん》していた田宮の心を読んだようなことを青柳は言ってくる。自分でも言っていたが『この仕事』を何年もやっているがゆえに、人が考えていることがわかるのだろうか、と感心していた田宮に青柳がにっこりと笑いかけてくる。

「正式に雇用が決まれば、秘密保持契約を結ぶことができる。どうでしょう、田宮さん。我我と働いてみませんか？　イエスとおっしゃっていただければ早速、デスクをご用意しますよ」

どうします？　と青柳が迫ってくる。

まさかの展開に驚いたり戸惑ったりしてばかりの田宮だったが、結論を問われている今、彼の気持ちは固まりつつあった。

資格を取るのには時間がかかりそうである。ここでの仕事の内容についてはこれから聞く必要があるが、内勤ということならそこまで多忙ではないのでは。

いつまでも、というわけではないということだったし、ここで働いてみるのもいいのではないか。

加えてもう一つ、田宮にとっては有意義と思われる理由があった。共に働けば、雪下の人となりも、よりわかるだろうし、自分が彼と友好な関係を築くことができれば、高梨との間の橋渡しもできるかもしれない。

お節介とわかってはいるが、何かせずにはいられない。となると心は決まった、と田宮は改めて青柳を見た。青柳もまた、田宮を見返す。

「よろしくお願いします。ここで働かせていただきたいです」

「おや。田宮さんは随分と聞き分けがよくていらっしゃる」

さんざん誘っていたというのに、いざ了承すると青柳は驚いたように目を見開いた。

「え？　断ってよかったんですか？」

断れない雰囲気だと感じていたのに、と、拍子抜けした田宮に雪下が声をかけてくる。

「何を考えているか知らないが、断れるんだから断れよ。そして二度とここには足を踏み入れるな」

「雪下君、何を言ってるんだか。田宮さんは『やる』と言ってくれたんだよ。高太郎が当面、抜けることになるのだから、君にとってもありがたいとは思わない？　君、デスクワークは苦手だろう？」

「当面って、一ノ瀬《いちのせ》が就職したあとも手伝わせるつもりか」

苦手、もしくは得意と答えるより前に、それが気になる、と問い返した雪下に、

「わかってないねえ」

と青柳がわざとらしく呆れてみせる。

「あの馬鹿をとりたいなどという奇特な企業があると思うかい？　全落ちで泣きついてくるに決まっている」

「……誰かが妨害しなければ、売り手市場の昨今、全落ちはないと思うがな」

今度は雪下が呆れた顔になる番で、やれやれ、とあからさまに溜め息をついてみせた。

なんやかんやいって、この二人の関係は良好ということなのか。様子を見ていた田宮が心の中でそう呟いたそのとき、

「いや、仲は良くないから」

「気も合ってないからね。誤解しないように」

雪下と青柳、二人からほぼ同時に突っ込まれ、なぜ口に出してもいないのに考えていることがわかったのだという疑問を覚えると同時に、やはりこの二人は相当気が合っていると実感したのだった。

「ともあれ、これからよろしくね。田宮さん。ああ、もう『くん』でいいかな」

青柳がにっこりと微笑み、田宮に向かって右手を差し伸べてくる。

握手か。まるで欧米人のようだ、と思いながら田宮も右手を出し、青柳の手を握り締めた。

「こちらこそ、よろしくお願いします」

「別に俺が口を出すことじゃないが、雇用条件をきっちり詰めておいたほうがいい。給料がいくらか、休みはいつか、交通費は出るのか。そうしたことは勤める前に決めておくべきなんじゃないのか？」

横で雪下が呆れたようにそう、声をかけてくる。

「確かに」

思わず頷いてしまったあとに田宮は、なんやかんやいって面倒見はいいのだなと思いながら雪下に対しても右手を差し伸べた。

「明日から宜しくお願いします」

「俺は握手はしない主義だ」

しかし雪下にはそう言われ、ふいとそっぽを向かれてしまう。

「そうですか」

自分も握手を好むほうではないが、断られると地味に凹《へこ》む。歓迎されていないことをひしひしと感じながら田宮は、取り敢えず挨拶はしておこう、と雪下に向かっても、

「よろしくお願いします」

と深く頭を下げたのだった。


怒濤のような出来事にすっかり疲弊してしまっていた田宮が新大久保の青柳探偵事務所を辞したときには、時計の針は既に午後四時を指していた。

月曜から金曜までの勤務で週休二日、祝日は休みとなる。勤務時間は午前九時から午後五時、昼に一時間、休憩が入る。服装は自由、勤務内容は主に報告書の作成と経費計算、それに電話番、ということだったが、そんなに忙しくはないという。

まさかの展開で就職先も無事決まった。即決してしまったことに対する後悔はなかったはずだが、時間が経つにつれ、色々な障害があるのではと思えてきてしまった。

まずは高梨に話せないこと。勤めに出ること自体を隠そうかと一瞬思ったが、平日が休みになることもある高梨に隠し通すのは無理だろう。何よりそこまで『嘘』を重ねたくはない。となるとどこで働いていることにしよう。考えた結果田宮は、世話になりっぱなしで申し訳ないと思いながらも、帰宅後、富岡にメールを打った。

富岡からはすぐ、電話がかかってきた。

『僕のとこで働いていることにしてくれって、一体何があったのか詳しく聞かせてもらえますか？』

これから行くという富岡を、一日に二度も来てもらうわけにはいかないと田宮は、

「電話でいいか？」

と問うたあとに、いいともいけないとも富岡が答えるより前に話し出した。

「良平には勤務先を隠したいんだ。というのも一緒に働くことになるのが、以前、良平と揉めたというか、そういう感じなので……」

『ちょっとよくわからないです。それがわかると良平に反対されるからですか？　ということはその人は田宮さんにとってよくない影響を及ぼすってことなんじゃないですか？　だとしたら僕も反対ですよ』

「いやそうじゃなくて。てか、お前が『良平』って呼ぶなよな」

『ともかく、話にならないんでこれからそっちに行きます』

「いいって！　お前、クビになるぞ」

午前中休んでいただろうと田宮が言っても富岡は、

『テレワークです』

と言ったかと思うと電話を切ってしまった。

その後、三十分もしないうちに富岡はマンションに現れたのだが、それまでの時間で田宮は、富岡にどう説明をしたら承諾してもらえるか、矛盾を感じさせない案を気力で考え終えていた。

「で？　どういうことなんです？」

これ、お土産ですと、苺《いちご》を二パック渡してくれたあと、ダイニングテーブルの向かいに座った富岡が、ずい、と身を乗り出してくる。

「……マンションで亡くなった俳優の件で、雪下さんが話を聞きに来たんだ。覚えてるかな。前に連れて行かれた『青柳探偵事務所』」

「覚えていますよ。ホストみたいな所長がいたところですよね。運転が乱暴な男が確か、雪下でしたっけ。良平とワケアリの」

「だからお前が『良平』って言うなよな」

むっとしてみせた田宮に、富岡が問いかけてくる。

「どういう話の流れなんですか」

きっちり突っ込んできた彼がいかに優秀な——そしてしつこい男かを知っているだけに、まったくの作り事では誤魔化すことなどできない、と、田宮は、以前は話さずにいた、雪下と高梨との間の確執について明かすことにした。

「雪下さんは良平や納《おさめ》さんと同期の警察官だった。良平と一緒にいるときに犯人逮捕のため発砲しなければならない状況になって、銃を抜いた結果、彼だけが懲戒免職となった。それで逆恨み、というわけじゃないけど、良平は彼にすっぱり縁を切られてしまった。でももうそれから随分時間も経っているし、もし、二人が歩み寄ることができればまた前のような友好な関係を築けるんじゃないか。そうなったらいいなと思って。それで彼の勤務先で働くことにしたんだ。ちょうど求人が出ていたので」

「うーん、なんとも田宮さんらしいというか……。しかし大丈夫なんですか？　雪下さんはまだ良平を逆恨みしているわけではないんですね？」

「もうしていないよ。仲直りのきっかけがないだけで。てか、ほんと、お前、『良平』って言うのやめろ」

「なんか癖になっちゃって。この間本人に言ったら引かれました」

えへへ、とわざとらしく笑ってみせたあとに富岡が真面目な顔で問うてくる。

「本当に大丈夫なんですか？」

「ああ。大丈夫だよ。自分と同じ職場だということを良平に言わないこと、というのが雪下さんから提示された条件だったので、それで勤務先を言えないんだよ。良平は雪下さんの勤務先を知っているだろう？」

「そりゃそうですが……」

と富岡は頷いたが、まだ納得はできないようで、問いを重ねてくる。

「探偵事務所に勤務するって、まさか田宮さんも探偵になるんですか？　危なくないですかね」

「内勤だよ。経費の計算とか報告書の作成とかだそうだ。あとは電話番。しかも短期だ。それからこの件については、誰にも言わないでほしい。アランにも納さんにも」

反対されそうな雰囲気を察し、一気にまくし立てた田宮に富岡が、心底嫌そうな声を出す。

「納さんはともかく、アランには絶対言いませんよ。何をしでかすかわかりませんから」

「ありがとう。頼むよ」

『引き受ける』とはまだ言われてなかったが、なんとしても引き受けてもらわねば、と田宮は既成事実を作るべく、富岡に頭を下げた。

「色々思うところはありますが、短期だというし、何より田宮さんがやりたいというのなら僕が止める権利はありませんからね」

やれやれ、と富岡が肩を竦め、溜め息を漏らす。

「わかりました。ウチの系列で内勤の仕事を紹介したということにしましょう。そっちを本当に紹介したいくらいですが」

「ありがとう。いつも悪いな」

結局甘えてしまった、と反省する田宮に向かい、富岡が苦笑してみせる。

「悪いことはないですよ。友達が困っていたら助けるのが普通です。田宮さんも僕が困っていたら助けてくれるでしょう?」

「もちろん」

助けるに決まっている、と頷いた田宮に、富岡がニッと笑いかけてくる。

「そういうことです」

「…………」

それでも感謝せずにはいられない。本当に富岡が何か困難にぶち当たっていたら、誰より早く駆けつける。その思いを込め、田宮は富岡を見やると、

「絶対に危ないことはしないでくださいね」

と尚も自分を思いやり、心配そうにしている彼に向かい、大丈夫、と笑顔で頷いてみせたのだった。

6

その頃高梨《たかなし》は、警視庁捜査一課に届いた渡辺諒《わたなべりょう》の解剖所見を前に言葉を失っていた。

「……遺体から覚醒剤の陽性反応が出たって……」

高梨の部下、竹中《たけなか》が呆然《ぼうぜん》とした顔で所見の文字を呟《つぶや》く。

「自殺であっても他殺であっても、問題ですね、これは……」

「マネージャーに連絡は取れたか？」

「はい。任意同行に応じたとのことで、所轄である江東署で事情聴取を始めたそうです」

課長の問いに部下の一人、山田《やまだ》が答える。

「これでまた、マスコミが当分、騒ぐだろうな」

やれやれ、と課長が溜《た》め息《いき》を漏らしたあと、視線を高梨へと向ける。

「高梨のマンションだったな。なんぞ気づいたことはないか？」

「芸能人が多いらしいですが、被害者を含め一人も会うたことはありません。警備員は二十四時間体制でエントランスを見張っとりますし、コンシェルジュいう受付も二十四時間おりますさかい、怪しい人間の出入りはないんやないかと……」

「そうそう、話題のマンションですよね。超高層の」

竹中が羨《うらや》ましげな声を上げるのに、

「ウチは低層階やけどね」

と高梨は答えたあと、

「にしても」

と首を傾《かし》げる。

「マトリが彼をマークしとったことは特にありませんよね？」

「ああ。問い合わせたところノーマークだった」

課長の答えを聞き、高梨は尚も首を傾げた。

「自殺を企てへんかったら、覚醒剤のことは表には出てこんかった……いうのは少し、気になりますね」

「それが自殺や他殺の目安にはならんけどな」

俺も気にはなるが、と課長が頷《うなず》いたのに、高梨も「そうですね」と頷き返した。

「にしても、あの過密スケジュール。驚きましたよ」

竹中が手帳を捲《めく》りながら溜め息を漏らす。

「舞台は二回公演、ドラマの撮影、雑誌の取材、ファンイベント、それに番宣。ウェブラジオ……寝る時間とれてるのかって感じでした」

「自殺もあり……と言いたいのか？」

「そういうわけではないんですが……」

課長の問いに竹中が慌てた様子となる。横から山田が、

「他殺の線でも捜査を進めていますが、容疑者はさっぱりです。仕事面でも、プライベートでも」

と肩を竦《すく》めた。

「しかし交友関係は洗い直す必要があるな。覚醒剤の入手経路を探るために」

課長の指摘に高梨も「そうですな」と頷くと、竹中に声をかけた。

「江東署に行ってみるか。所轄の意見も聞きたいし、マネージャーからも話を聞けるようなら聞いてみたいしな」

「はい！　同行します」

「残りの者は渡辺諒さんの身辺捜査だ」

「はい」

「わかりました」

それぞれ声を上げ、部屋を出ていく。

「ウチの妹に聞いたら、知ってました。ショック受けてましたよ。友達も泣いてるって言ってましたね」

「そうか。ファンの子らは悲しむやろうね。亡くなったあとに覚醒剤報道なんぞ出たら……」

高梨の言葉に竹中も、

「そうですね」

と神妙な面持ちで頷く。

「忙しいのには同情しますが、覚醒剤はいかんですよ……ファンを裏切る行為です」

「せやね」

本当に、と頷く高梨の顔もまた真摯《しんし》なものだった。二人、自然と無言になってしまいながら、地下駐車場へと向かう。

高梨の脳裏に、昨夜田宮《たみや》から聞いた渡辺の様子が蘇《よみがえ》った。泥酔した状態でプールに入ろうとしたというが、そのとき覚醒剤も投与していたのかもしれない。これからというときになぜ彼は覚醒剤にかかわることになったのか。

亡くなった人間は当然ながらもう語ることはできない。自ら死を選んだにしても何者かに殺されたにしても、捜査し明らかにしていくより他はない。

死者のためにも、そして残された者のためにも、真実を必ず明らかにしてみせる。高梨の胸には刑事という職業についてから、否、物心ついたときから常に燃えさかっている正義の焔《ほむら》が立ち上っていた。

「驚きましたね、覚醒剤とは」

江東署の刑事課長、守山《もりやま》は高梨らの訪問を快く受け入れてくれただけでなく、マネージャー、和田《わだ》から聴取した内容についてもつぶさに教えてくれた。

「覚醒剤についてはまったく心当たりがないとのことでした。しかし状況として少々無理はあるんです。渡辺はこのところ過密スケジュールで、自由時間はほぼゼロでした。何者かの協力がなければ覚醒剤は入手できないはずなんですよね」

守山はいかにも叩き上げといった雰囲気の男だった。武骨な顔を顰《しか》めてみせたあと、一変して笑顔となり、

「間もなく終わりますから、そのまま彼から話を聞きますか？」

とありがたすぎる申し出をしてくれた。

「ありがとうございます。よろしいんでしょうか」

所轄は何かと本庁に対し、構えてくるケースが多かったため、友好的な守山の態度を高梨は心の底からありがたく思った。

「勿論《もちろん》です。高梨さんのお噂はかねがね、伺っています。なんでも江東区にお住まいになっ

ているとか。大変光栄です」

「噂て……怖いですな」

この様子だと悪い噂ではないようだが、と思いつつ高梨が頭を掻《か》くと、

「いい噂に決まってるじゃないですか」

と守山は笑い、どうぞ、と高梨と竹中を和田のいる会議室へと連れていってくれた。

「和田さん、すみません、どうぞ、もう少しお時間いいですか」

ノックしてドアを開きながら、守山が中に声をかける。

「……あ、はい」

マネージャーの和田は、芸能事務所勤務というよりは銀行員のようなお堅い会社のサラリーマンに見えた。眼鏡をかけている顔は理知的であり、かつ神経質そうにも見える。

「こちら、本庁の高梨警視です」

「はじめまして。高梨です」

「は……じめまして。和田と申します」

和田は高梨につられたように挨拶したあと、

「警視って、すごく偉いんじゃなかったでしたっけ」

まじまじと高梨の顔を見つめそう問うてきた。

「はは、それほどでも」

「しかも二枚目ですね。まるで俳優のように」

和田は一瞬声を弾ませたが、すぐ我に返った様子で、恐縮してみせる。

「失礼しました。職業柄、顔のいい人を見るとつい、テンションが上がってしまって……」

「どうリアクションしたらいいんでしょうね、こういうときは」

和田にふざけている様子がないことがわかるだけに、高梨は苦笑すると、本題に入ることにした。

「すみません、少しお話よろしいですか？」

「あ、はい。すみません、本当に……」

ますます恐縮してみせる和田に高梨は笑顔のまま問いかけた。

「渡辺諒さんが覚醒剤を使用していることにはまったく気づいていなかったのですね？」

「はい。先程こちらの刑事さんからも散々聞かれましたが、本当に気づきませんでした」

和田が心持ちむっとした顔になり、ちらと江東署の刑事を見やる。相当しつこく聞いたのだろうと察しつつ高梨は問いを続けた。

「渡辺さんは大変多忙でいらしたと聞いています。覚醒剤を入手する時間などとれないくらいに」

「そうなんです。だから何かの間違いとしか思えないんです。諒が覚醒剤に手を出すなんて」

それを聞き、和田はぱっと顔を上げると高梨に縋《すが》るようにして訴えかけてきた。

「間違いじゃないんですか？　諒が覚醒剤なんてやるはずないんです。もう一度調べてはもらえませんか？　絶対間違いですから！」

「落ち着いてください、和田さん」

あまりの剣幕に高梨は腰が引けつつも、和田を落ち着かせようとした。

「……すみません。もう、すっかり混乱してしまって……」

途端におろおろした顔になった彼は、はあ、と溜め息を漏らすと、

「間違いとしか思えません……」

同じ言葉を繰り返し、がっくりと肩を落とした。

「一人暮らしがしたいというので、豊洲《とよす》のあのマンションに住まわせたのですが、やはり反対すべきでした」

「それまではご家族と？」

「はい。半年前です。あのマンションに越したのは……」

「半年、ですか……」

その間に何か変わったことは、と高梨は和田に聞こうとしたが、何を聞いたところで今の彼からは『間違いとしか思えない』という言葉が返ってくるに違いない、と問いを変えることにした。

「最近、渡辺さんがトラブルを起こしたり、または巻き込まれたりしたことはありませんで

したか？」

「トラブル……」

和田は少し考えたあと、あ、と小さく声を漏らした。

「小さなトラブルですが、亡くなった前の日にマンションの住人と少し揉《も》めました。ジムのプールで」

「それは……」

田宮のことだ、と高梨は察したが、江東署の刑事たちは初耳だったらしく、

「どういった揉め事です？」

「先程、そんな話は出ませんでしたよね」

と厳しい口調で問い質《ただ》す。

「聞かなかったじゃないですか」

和田はむっとした顔で彼らに言い返したあと、視線を高梨へと戻し答え始めた。

「諒が悪いのです。かなり酒に酔った状態でプールに入ろうとしたところを、居合わせた大学生くらいの住人から注意を受けたそうです。彼に諒が絡んでいるのに気づき、騒ぎになる前にと部屋まで来ていただきました」

「名前は？」

容疑者とでも思われたのか、江東署の刑事が問いかける。どうするか、と高梨は迷ったの

だが、和田は、

「すみません。名前、聞いたんですが覚えていません」

と答えたため、彼が帰ってから皆には説明することにしようと密《ひそ》かに心を決めた。

「その学生は諒のことを知らなかったので、諒はすっかり落ち込んでしまいました。自分の知名度なんてそんなもんだといって……酒を飲んでいたのも、連ドラに出演するプレッシャーに耐えかねて、と言っていましたので、いろいろなことが積み重なり、追い詰められたのかもしれません……」

和田はそこまで言うと、寂しげな表情となり、小さく息を吐いた。

「……弱かったんです。でも、死ぬとは思わなかった。本当にこれからだったのに、どうして……」

「最近の渡辺さんは、そうしたトラブルをよく起こされていたのですか？」

情緒不安定だったということかと思いつつ尋ねた高梨に対する和田の答えは、

「揉め事はそう、なかったですが、落ち込んではいましたね」

相変わらず寂しそうな顔で頷いてみせたあと、ぼそ、と言葉を足した。

「自殺については、今から思うと、思い当たる節があったというか、もっとなんとかしてやれただろうにと後悔が募ります。しかし覚醒剤についてはまったく心当たりがありません。やはり何かの間違いじゃないでしょうか。間違いに決まってます」

何かのスイッチが入ってしまったのか、またも和田の声のトーンが高くなる。

「間違いではありません。家宅捜索をしたいので立ち会っていただけますか?」

江東署の刑事が厳しい顔で和田に告げる。

「…………はい」

不満げに頷く彼を前に高梨は、何と説明できない違和感が己の中に立ち上ってくるのをひしひしと感じていた。


「ただいまあ」

「おかえり!」

その日の高梨の帰宅は午後九時過ぎとなった。捜査会議が長引いたためで、明日から高梨は江東署の刑事たちと一緒に、渡辺の覚醒剤入手ルートを追うことになっていた。

二日続けて夕食を共にとれなかったことを申し訳なく思いつつ帰宅した高梨を、田宮はいつものような明るい笑顔で迎えてくれたあとに、恒例の『おかえり』そして『ただいま』のチュウを交わす。

「メシ、一応用意してるけど、どうする?」

「おおきに。食べるわ。お腹ぺこぺこや」

「すぐ仕度する」

キッチンに駆け戻っていく田宮を見送りつつ、高梨は寝室へと入るとスーツの上着を脱いでハンガーにかけ、ネクタイも解《ほど》いてからリビングダイニングへと向かった。

「メンチカツは出来合いなんだ。簡単でごめん」

キッチンから申し訳なさそうに告げる田宮に、

「ウチはいつも出来合いやったで。お肉屋さんで買うてくるんや」

手伝うわ、と高梨は笑い、彼もまたキッチンへと向かう。

「いいよ。座ってて」

どうやら間もなく用意が終わりそうだったため、高梨は、

「そしたらビール、持っていくな」

一緒に飲もう、と笑い、ビールを取り出そうと冷蔵庫を開けた。

「苺《いちご》や」

「富岡《とみおか》がくれたんだ。今日」

「へえ、富岡君が」

元気やった？　と問いつつ高梨は、富岡来訪の理由に思い当たったようで、

「もしかして、事件の報道見て？」

と田宮を振り返る。

「うん。引っ越したいなら相談に乗るって。別に引っ越す必要はないと断ったけど、よかったかな？」

高梨の前に皿や茶碗を並べながら、田宮が聞いてくる。

「引っ越したばかりやしな」

高梨はそう答えたあとに、ふと真面目《まじめ》な顔になり田宮に問いかけた。

「もしごろちゃんが越したい、思うんやったら僕は越してもええで」

「思わないよ。別に」

なぜそんなことを言い出したのかと、田宮が不思議そうな顔で問うてくる。先に明かすべきか。ニュース報道で知るよりは自分から伝えたほうがいいだろうと高梨は心を決めると、

「あんな」

と言いづらい話を切り出した。

「実は亡くなった俳優の身体《からだ》から、覚醒剤の陽性反応が出たんよ」

「……え……？」

その瞬間、田宮の顔からさっと血の気が引いていくのを高梨は目《ま》の当たりにし、一瞬、声を失った。

やはりショックだったのだ。ショックを受けないわけがないとわかっていたのだから、も

っと言いようがあったのではないか。

己を責めながらも高梨は、田宮を落ち着かせようと話し続けた。

「マスコミにどのタイミングで発表されるかはわからへんけど、なんも気にする必要はあらへんで。でも気になるいうんやったら引っ越せばええ。引っ越ししたばかりやから新しいところに越すのも簡単やしな」

「……いや……そうじゃないんだ……」

田宮の顔色は相変わらず悪い。それでも強い意志を感じさせる瞳を高梨に向けてきたかと思うと、予想外の言葉を告げ、高梨を驚かせたのだった。

「……実は話していなかったけど、渡辺諒から言われたんだ。俺の顔に見覚えがあると……」

「なんやて？」

自然と高梨の声が高くなる。

「やはり彼は、俺をネットで見たのかもしれない……」

一方、田宮の声は低くなるばかりで、語尾はかなり震えていた。

「ごろちゃん」

大丈夫か、と高梨が田宮の顔を覗き込む。

「…………大丈夫」

無理矢理のように笑い、田宮は頷いてみせたが、どう見ても『大丈夫』ではないと高梨は察せずにはいられなかった。

「ともあれ、ごろちゃんが事情聴取を受けることは間違ってもないさかい、安心してや」

「……うん……うん」

田宮は何か言おうとした。が、結局は何も言わず、こくりと首を縦に振っただけだった。

「ああ、これ、僕が気に入っとったポテトサラダや。牛タン入れてくれたやつ。せやろ？」

田宮の気持ちを切り替えるためには話題を変えるしかない。敢《あ》えて明るい声を出しながら高梨は、田宮は果たして何を言いかけたのだろうと、未《いま》だに顔色が悪いその白皙《はくせき》の頬を見やったのだった。


食事を終えると田宮はすぐに高梨のために風呂を用意してくれた。

「ごろちゃん、一緒に入らへん？」

毎度こう問いかけるが、返ってくるのは常に『馬鹿じゃないか』という答えである。今夜もおそらくそうだろうと高梨は予測していたのだが、その予測は彼にとって嬉しい形で裏切られることとなった。

「……うん」

田宮が少し恥ずかし気な顔で頷いてみせる。

「え？」

まさかのリアクションに高梨は啞然《あぜん》としてしまった。途端に目の前の田宮の顔がみるみるうちに赤くなる。

「ば、馬鹿じゃないか」

真っ赤になった田宮が、背を向けそうになる。

「うそうそ。嬉しいわ。入ろ入ろ。さあ、気が変わらんうちに」

強引に田宮の腕を引き、脱衣所へと向かう。

「着替え、出さないと」

「あとでええて。さあ、入ろ入ろ」

どうした風の吹き回しか。浮かれていた高梨だが、ふと、田宮の表情が気になり、顔を覗《のぞ》き込んだ。

「…………入るよ」

高梨の視線を避けるように、田宮が俯《うつむ》き、ぼそりと呟く。

「どないしたん？」

「どうもしないよ」

高梨の問いに、田宮がむっとした顔で言い返してくる。その顔はいつもの顔で、気のせいだったか、と高梨は思いつつ、田宮と共に服を脱ぎ始めた。

気持ちが不安定になっているのかもしれない。『覚醒剤』についてはやはり、明かさないほうがよかったか。しかし間違いなく報道はされるだろうからほどなく知ることになろう。もっと気を遣えばよかったかもしれない——悔やんでいた高梨だったが、すぐ、もしや自分のこの気遣いに、それこそ気を遣ってくれたがゆえに、共に風呂に入ることを珍しくも承知してくれたのではと気づいた。

つけいるようで申し訳ない。が、田宮もまた気を紛らわせたいのかもしれない。自分に都合のよすぎる解釈だと反省しながらも高梨は、田宮の抱える不安を少しでも取り除くことができればいいと願わずにはいられなかった。

軽く身体を流したあと、二人して浴槽に入る。この部屋の浴室は広く、浴槽も今まで住んでいた部屋よりも随分と大きくはあるのだが、さすがに大の男二人が入るのには適しておらず自然と密着せざるを得なくなる。

「……なんかやっぱり……」

背後から抱かれるようにしてバスタブに浸《つ》かることになったことで田宮は今更の羞恥《しゅうち》を思い出したのか、ぼそ、と悪態めいた言葉を告げ、風呂を出ようとした。

「身体、先に洗うから」

「あとでえぇやん。まずはゆっくり浸かろ」

逃がすまじ、と高梨は田宮を後ろから抱き締めることで立ち上がろうとするのを制すると、掌《てのひら》で田宮の乳首を擦《こす》り上げた。

「……もう……っ」

びく、と田宮の身体が震え、肩越しに振り返った彼が口を尖《とが》らせる。

「ゆっくり浸かるんじゃないのかよ」

耳が赤くなっている。可愛いなと思う気持ちと共に込み上げる欲情を抑えることができず、高梨は赤く染まる耳朶《じだ》を噛みつつ、今度は指先で田宮の薄紅色に染まる乳首を摘まみ上げた。

「や……っ」

田宮の口から声が漏れる。小さな声ではあったが、浴室内で反響する。

「……っ」

そのことにもまた田宮は羞恥を煽《あお》られたようで、一瞬、身体を捩《よじ》って高梨の腕から逃れようとしたが、すぐに思い直したらしく、逆に背中を高梨の胸へと預けてきた。

「?」

高梨の胸に一抹の違和感が湧き起こる。が、すぐ、行為を望んでいるということかと解釈し、それなら、と再び田宮の乳首を摘まみ上げた。

「ん……っ」

抵抗はしないが、声を上げるのは恥ずかしいようで、唇を噛んで声を堪《こら》えている。そういうところも愛らしいが、二人だけのときには羞恥など感じずともよいものを、と高梨は敢えて田宮に声を上げさせるべく、乳首を強く引っ張り上げながら、もう片方の手を田宮の雄へと向かわせた。

「ん……っ……んん……っ……んふ……っ」

勃《た》ち上がりつつあった田宮の雄は、高梨が扱《しご》き上げるとすぐに勃起した。胸に、雄に与えられる刺激に耐えられなくなったのか、田宮が高梨の腕の中で激しく身を捩る。

決して逃げようとしているわけではないことは、腰を突き出すようにしているその姿勢から察することができた。無意識のうちに田宮は高梨の、最早完勃ちとなっている雄の感触を得ようとしてか、小さな尻を突き出しているのではと思うと、それだけでもう、高梨の興奮は煽られ、我慢できなくなっていった。

胸を弄《いじ》っていた手を後ろに滑らせ、既にひくついている田宮のそこを押し広げると、ずぶ、と指を挿入する。

「あ……っ」

田宮の背が仰《の》け反り、唇からは高い声が漏れた。それを恥じるよりも今の彼は快楽を追求するほうに意識がいっているらしく、より奥深いところへの刺激を求め、尻を突き出してくる。

もう我慢はできない、と高梨は田宮の前と後ろから手を退《ど》けると、

「……あ……」

と一瞬我に返った様子となったことには構わず、田宮のそこへと己の雄を宛《あて》がった。

「お風呂は僕が洗うさかい……お湯、汚してもええよな？」

問いはしたが、高梨には最早田宮の意識は朦朧《もうろう》としており、否定の言葉など出るものではなかろうという期待があった。

期待どおり、田宮が拒絶の言葉を告げることはない。幾許《いくばく》かの罪悪感を抱きながらも高梨は田宮の腰をしっかりと両手で摑《つか》むと、猛《たけ》る雄で彼を一気に貫いた。

「あぁっ」

先程よりも大きく背を仰け反らせた田宮の口からまたも高い声が漏れる。湯の中ではどうしても浮力で身体が浮いてしまうと、高梨は田宮の腹に腕を回すと、ザバッと音を立て、田宮を立ち上がらせた。

「縁、摑んどいたらええと思う」

背後から耳元で囁《ささや》くと、田宮は素直にこくりと首を縦に振り、バスタブの縁に両手をついた。

「…………」

思いの外、意識ははっきりしているのだろうか。動作を見て高梨はちらとそう感じたが、

自身にそう余裕がないこともあって田宮の腰を再び摑み律動を開始した。

「あ……っ……あぁ……っ……あ……っ……あ……っ」

奥深いところを突き上げるたびに、田宮の唇からは高い声が放たれ、華奢《きゃしゃ》な背が大きく仰け反る。

快楽が彼を煽るのか、自ら腰を突き出すようにしてより接合を深めようとする。羞恥心の強い田宮のいつにない積極的な動作に、ますます高梨は興奮し、突き上げの速度と勢いはより増していった。

「あぁ……っ……もう……っ……もう……っ……」

二人の下肢がぶつかり合うときに立てられる、パンパンという高い音と共に、田宮の切羽詰まった喘《あえ》ぎが浴室内に反響する。随分苦しげな声であることに高梨が気づいたのは、田宮がいやいやをするように激しく首を横に振り出してからで、己の快感のみを追求してしまっていたことを悔いながら高梨は、田宮の腰を離した右手を前へと伸ばし、既に勃ちきり、今にも爆発しそうになっていたその雄を摑むと一気に扱き上げてやった。

「アーッ」

堪えに堪えてきたところへの直接的な刺激には耐えられなかったらしく、田宮が一段と高い声を上げて達する。射精を受け田宮の後ろが激しく収縮した刺激を受け、高梨もまた達すると田宮の背に一瞬身を預け、絶頂の余韻に浸ろうとした。

「……？」

はあはあと息を乱しながらも、田宮が肩越しに高梨を振り返る。彼の大きな瞳に一瞬、影が差したような気がして、高梨はその顔を覗き込もうとしたが、そのときには田宮は既に顔を伏せていた。

どうしたというのだろう。気になりはしたものの、田宮がずるずるとくずおれるようにして湯船に沈んでいくのを目の当たりにしては慌てずにはいられず、

「大丈夫か？」

と腹に回した手で身体を支えてやりながら、田宮の顔を覗き込んだ。

「ん……」

大丈夫、と田宮は頷いたものの、そのまま湯に沈みそうになる。無理をさせすぎたのか、それとも何か言いたいことがあったのか。高梨は田宮の顔を窺ったのだが、目を閉じた彼の表情からは何も読み取ることができず、胸に芽生えた幾許かの違和感を留めたまま高梨は田宮の介抱に努めることとなったのだった。

7

「そしたらごろちゃん、いってきます」

「いってらっしゃい」

恒例の『いってきます』『いってらっしゃい』のチュウで高梨を送り出す。

彼の姿がドアの向こうに消えた途端、田宮の唇からは堪えきれない溜め息が漏れていた。

昨夜、浴室での行為のあと寝室でもまた激しく互いを求め合ったせいで疲れ果てて眠ってしまい、気づけば朝となっていた。

朝食の席で田宮は高梨に、今日から働き始めることを明かした。本当なら昨夜のうちに言いたかったのだが、と申し訳なく思いながら告げた田宮に対する高梨のリアクションは、心からの笑顔だった。

「ほんまによかったな！」

その顔を見た瞬間、田宮の胸にあった罪悪感が一気に増幅した。

「富岡君の紹介やったら安心やね」

自分のついた嘘を高梨は疑うことなく信じた上で祝福してくれている。彼の笑顔を前に田宮は、なぜ隠し事をしようとしたのかと心の底から悔いる気持ちになっていた。

いっそ、働くのをやめようかとさえ思ったが、一度『やる』といったものを今更『できない』では通用しそうな相手ではないし、無責任である。

自分には雪下《ゆきした》と高梨の関係を、高梨が望むような形に修復したいという野望もあった。そのことだけを考えるようにしよう。

完全に心の整理がついたわけではないが、田宮はそう自身に言い聞かせることで罪悪感との折り合いをつけると、初出勤となる職場に向かうべく仕度を始めたのだった。

スーツは着なくていいということだったが、一応初日なのでと久々にスーツに腕をとおし、ロビーを突っ切ってエントランスに向かおうとした田宮だったが、ロビーの片隅に佇《たたず》む二つの人影に気づき、意外さから思わず注目してしまった。

人目を避ける——というわけでもないだろうが、柱の陰で顔を寄せ話しているのは、渡辺のマネージャーの和田と、図書館の司書、藤林《ふじばやし》だった。

あの二人は知り合いだったのか。最近、自分が別々の環境で知り合った二人の男もまた『知り合い』というのはなんとなく面白い。見るとはなしに二人を見ながら田宮は彼らの近くを通り過ぎ、エントランスから外に出たのだった。

「おはようございます」

始業は午前九時ということだったので、初日は早めに、と八時半に『青柳《あおやぎ》探偵事務所』に出所した田宮を待ち受けていたのは、体育会系の若者だった。確か高太郎《こうたろう》という名だった、と思い出す。

「おはようございます。すみません、所長はまだ起きてなくて……」

顔立ちは幼さが残るがガタイはいい。そういや昨日青柳は自分の好みのタイプを『顔の可愛い体育会系』と言っていた気がする。もしやそれは彼のことだったのでは。そんなことを考えながらも田宮はまずは挨拶、と頭を下げた。

「今日からどうぞ宜しくお願い致します。田宮です」

「え？　お客さんじゃないんですか？」

高太郎がきょとんとした顔になる。

「え？」

まさか何も聞いていないのか、と田宮は驚いたあまり、思わず絶句してしまった。

「僕が使えないからクビってことなんでしょうか」

田宮の前で高太郎があからさまに落ち込んでみせる。しょぼん、という文字まで見えそうな様子に田宮は、どうしたらいいのかと焦りつつ、そもそも自分がここで働くことになった理由について確認をとることにした。

「昨日所長から伺った話では、あなたが就職活動をされる間、手が足りないということだったんですけど」

「えっ？　僕の就職活動？　本当ですか？」

途端に高太郎の顔がぱあっと輝く。がたいはいいが可愛いな、と田宮が思わずその顔に見入ってしまったそのとき、

「高太郎、煩《うるさ》いよ」

不意にドアが開いたかと思うと、寝起きとしか思えないガウン姿の青柳が現れたものだから、田宮はますます唖然とし、今度は彼をまじまじと見つめてしまった。

「ええと……」

青柳はまだ寝ぼけているのか、田宮を見て訝《いぶか》しそうな顔をしている。

「あの、おはようございます。田宮です」

もしや昨日のやりとりはすべて冗談だったのだろうか。それとも自分が見た悪夢とか？　まるで知らない人間を見るような青柳の視線に晒《さら》されているうちに田宮は、もう帰ってしまおうかと踵《きびす》を返しかけた。

そこに高太郎の明るい声が響き渡る。

「所長、僕の就職活動を応援してくださるんですね！　ありがとうございます！　後任のかたまで雇ってくださるなんて、ありがたすぎます！」

「あー、そうだった。すみません、田宮さん。朝はどうも頭が働かなくてね」

高太郎の言葉でようやく青柳は田宮のことを思い出してくれたようだった。バツの悪そう

な態度をとるわけでもなく、薄く微笑《ほほえ》みながらそう告げると高太郎へと視線を戻した。

「就職活動するお前がなぜこんな時間に事務所でうろうろしているんだ？　さっさと企業訪問に行けばいいだろう」

「すみません！　僕、所長に許してもらえるとは思ってなくて！　それじゃあ、いってきます！」

高太郎が一段と弾んだ声を上げ、リュックを背負ったかと思うと事務所を飛び出していく。

「………」

最近はリュックを持つサラリーマンが増えたとはいえ、就職活動にリュックはどうなのだろうと田宮は首を傾げてしまったのだが、青柳に話しかけられ我に返った。

「朝からやかましくてすみません。仕事内容についてはあの馬鹿では説明できないでしょうから、おいおい、私が説明します。まずはコーヒーを淹《い》れてもらえませんかね？　お茶くみは拒否ということだったらそう言ってくれれば自分でやるよ」

「いや、淹れますよ。コーヒーくらい」

拒否、という選択もできるのかと驚きながら田宮は青柳に、

「コーヒーメーカーはどこですか？」

と問いかけた。

「その奥。行けば豆の場所とかわかるから。君の分は、今日は来客用のカップを使ってくれ

ていいよ。明日からマイカップを持ってくるといい」

「ありがとうございます」

　会話の途中から青柳の言葉が不明瞭になり、瞼《まぶた》が下りてくるのがわかる。口調も自分に対するものというよりは、あの若者と話しているようなフランクなものになっているな、と思いながら田宮は、

「コーヒー淹れたら持って行きますので」

　寝ていてくれていい、と言おうとしたが、青柳は最後まで聞かず、

「よろしく」

　とだけ言うと、部屋の奥にある彼のデスクへと向かっていった。

「…………」

　色々慣れない。が、まずは言われたコーヒーを淹れよう、と田宮は教えられた場所へと行き、その場にあったコーヒーメーカーを操作し始めた。豆から挽《ひ》くタイプのコーヒーメーカーは自宅にあるのと同じ機種だったので、豆の分量もマニュアルなしでセッティングすることができた。

　コーヒーメーカーのある場所は小型のキッチンとなっており、コーヒーカップが数個、並んでいる。小さなＩＨの調理器があったが使っている形跡はなく、シンクはあまり綺麗《きれい》とはいえない状態だった。

コーヒーを淹れ終わるまでの間はシンクを洗ったり、コーヒーカップの置き場を整頓したりして過ごし、ようやくコーヒーの準備ができると田宮は、来客用と思われるカップ二つにコーヒーを注ぎ、それを青柳のもとに運んだ。

「すみません、どれが所長のカップかわからなかったので……」

自分のデスクで椅子に座り、青柳は目を閉じていた。田宮が声をかけると欠伸《あくび》をしながら伸びをし、

「ああ、ありがとう。美味《おい》しそうな匂いだ」

と微笑んでみせる。

「…………」

物凄《ものすご》いフェロモンだ、と田宮は自然とたじたじとなってしまっていた。『男の色香』を目の当たりにしている気分でいたたまれない、とコーヒーをデスクに置くと目を逸《そ》らせる。

色気がこうもダダ漏れの彼が、実は公安から警察官の不正調査を依頼されているとは、なんとも違和感がある。夜の世界の住人といわれたほうがよほどしっくりくるが、それもまた世間から気取《けど》られないための作戦なのだろうか、と再び視線を向けた田宮としっかり目を合わせ、青柳がにっこりと微笑む。

「美味しいね。高太郎が淹れるとこうはいかない。さすが主夫の鑑《かがみ》だな」

「しゅふって……」

揶揄《やゆ》されたのかと田宮は少しむっとしたのだが、続く青柳の言葉を聞いては黙っていられなくなった。

「あれ？　だって君、高梨警視の奥さんって言われてるんだろう？　今は無職で専業主夫ということで間違いないはずだよね？」

「そんなこと、一体誰から……っ」

問おうとした田宮だったが、青柳がニッと笑ったのを見ては何も言えなくなった。

「昨日、言っただろう？　警察内の情報はいやでも耳に入ってくる理由を」

「…………」

昨日のことはやはり夢でもなんでもなかったと思い知らされた瞬間だった。声を失う田宮に青柳が、コーヒーを啜《すす》りながら話しかけてくる。

「それにしても君の経歴には驚いた。経歴、というのとはちょっと違うかな。驚くほど、いろんなことに巻き込まれているね。そういう体質なんだろうか。体質っていうのもまた、ちょっと違うよね」

「……あの……」

警察官の情報だけでなく、関係者に対しても知識が深いということか。どこまで彼は知り得たのだろう。先日の覚醒剤を投与された件についてはもう了承済みなのだろうか。まさか過去のあれこれもすべて情報を入手しているということか、と、目の前の青柳の顔を窺《うかが》った。

「ともあれ、君を危険な目に遭わせることはしないから安心してほしい。高梨警視が怖いしね。さあ、仕事の説明をするよ。雪下君は仕事はできるんだけど報告書を書くのが嫌いでね。ためるんだよ。それを要領も頭も悪い高太郎が記入するものだから、手直しするのが大変で……と、愚痴になった。要は所定フォームに記入して僕に提出してくれればいい。できるかぎり簡潔に。ただ書き漏らしはないように。今までの報告書が机の上にあるから、まずはそれを見て、内容を摑んでくれる？」

「あ、はい。わかりました」

話題はさっさと業務のことにかわっており、田宮は安堵《あんど》したものの、どこかもやっとした気持ちは心に残った。

とはいえ、今はこれからの業務について気持ちを集中させねば、と机上に置かれていた数冊のキングファイルに手を伸ばす。

「…………」

開いてみた田宮は、手書きであることに驚いて青柳を見た。

「ああ、ごめん、勿論、パソコンで作ってくれてOKだから。高太郎はパソコンを使えないんだよ。スマホ世代だかなんだか知らないが、キーボードを打つのにやたらと時間がかかるので、手で書かせていたんだ」

「…………はあ……」

『報告書』の文字は綺麗だった。あの青年がこんなに端正な字を書くのかと感心しつつページをめくっていた田宮に、青柳が声をかけてくる。

「パソコンのIDとパスワードはキーボードのところに置いておいたから。取扱注意でね。雪下君のレポートはボックスの中だ。それじゃあ早速始めてもらおうか」

「わかりました」

頷き、パソコンを立ち上げようとした田宮の背後で、

「うーん、やっぱり眠いな」

という青柳の物憂げな声がしたと同時に、彼が立ち上がる気配がした。

「ごめん、昼まで寝るから。電話がきたら折り返すと伝えて。まあ、滅多に来るもんじゃないから。今時はみんなメールだよね。昼食は一緒にとろう。それじゃあね」

「……お……やすみなさい」

アンニュイ、という表現がこれほど似合う男はいまい。優雅な動作で事務所を出ていく青柳の後ろ姿を田宮はただ呆然と見送っていた。

口調がフランクなまま戻らなかったのは、彼が自分を高太郎同様『部下』と認識したからだろう。いよいよ、ここで働くことになったのだ。それが実感としてじわじわと田宮の胸に迫ってくる。

働くからには、と田宮はまず青柳が飲み干したコーヒーカップをキッチンスペースで洗い、

少し埃《ほこり》っぽく感じたために、その場においてあった掃除機をざっとかけた後に自分に用意された机へと戻った。

仕事をするのにまず環境を整えたい。明日はもう少し早くに来て事務所を掃除しよう。田宮もそこまで綺麗好きではないが、それにしてもこの事務所は目に余る、と思いながらも、本来の仕事を始めねば、とボックスの中の雪下のレポートを手に取った。

「………」

読みづらい。走り書きの字は最初、日本語か英語かも判別できなかったが、ようやく、ところどころに英単語が入る日本語だと読み取れるようになった。

雪下もパソコンが苦手なのだろうか。スマホ世代ではないと思うが、と、手書きのレポートを捲る。三枚目以降はコピーで、内容は彼が調査中に記入したと思われる自身の手帳のページだった。

これもまた読みづらい。取り敢えずすべて読んでみて、所定フォームに記入しよう。フォームは、とドキュメントを開くと『報告書フォーム』というＷｏｒｄ文書が入っていたのでそれを開き、記入箇所を高太郎の『手書き』文書と照らし合わせながら確認した。

まず最初に気づいたのは、名前や役職部分がすべてアルファベットと数字で記入されていることだった。誰の調査か、書面には残さないということかと気づく。

調査内容はほぼ、ターゲットの一日のスケジュールだった。どこに行き誰と会ったかなど、詳細がびっしり書いてある。

これをどうやってまとめるか。羅列より表にしたほうがわかりやすいかもしれない。あれこれと考えながら田宮は報告書を記入し始めた。

午前十一時を回った頃、不意にドアが開いたかと思うと雪下が入ってきた。

「おはようございます」

田宮が声をかけると、心持ちむっとした顔になり、ぼそ、と聞こえないような声を発する。

「本当に来たのか」

「はい、よろしくお願いします」

頭を下げた田宮に対し、雪下はちらと視線を送るだけで答えることなく、田宮の隣のデスクにどさっと腰を下ろし、パソコンを立ち上げた。

「…………」

コーヒーを淹れようか。聞いてからにしようか。迷った結果、田宮は聞いてみることにした。

「雪下さん、コーヒー飲みますか？」

「いらない」

にべもなく、といった感じで言い捨てられ、思わず息を呑《の》む。

「すぐに出るからだ」

非難めいた眼差《まなざ》しを向けたつもりはなかったが、雪下はまた、ぼそ、と言葉を発すると席を立った。

「……いってらっしゃい」

「………………」

田宮の挨拶はまたも無視され、雪下はあっという間に出ていってしまった。バタン、とドアが閉まると同時に、田宮の口から溜め息が漏れる。

歓迎されていないことはわかっていた。が、無視はさすがに応える。とはいえ、まだ初日だし、仕事を進めていく上で接点も持てるようになるだろう。田宮はそう自身に言い聞かせると、報告書をまとめるべくパソコンに向かったのだった。

「お昼、行こうか」

青柳が事務所に姿を現したのは、午後一時を回ったころだった。

「もう行ってしまった？」

「いえ。これからです」

仕事に熱中するあまり、時間の経過を忘れていた、と田宮が青柳へと視線を移す。

「どれどれ」

青柳は田宮の席まで来ると、画面を覗《のぞ》き込んだ。

「うん。そんな感じでオッケーだ。ふふ、高太郎と比べてはいけないが、僕の雑な説明でこうもちゃんと仕上げてくれるとは、さすがだね」

青柳は満足そうに頷くと、

「この辺の店を案内するよ」

と田宮を誘い、二人は事務所近くの韓国料理店で向かい合った。

「誘っておいてなんだけど、昼は自由にしてくれていいよ。弁当持参でも勿論いい。昼休憩はちゃんと取ってね」

青柳は冷麺を、田宮はスンドゥブを注文し、すぐに来た注文の品を食べ始めながら会話が始まる。

「勿論、誘ってくれたらランチは付き合う。事務所にいるときはね」

パチ、とウインクして寄越す青柳に、田宮はタジタジとなりながらも、

「ありがとうございます」

と返したが、その後は会話が弾むことはなく、ただ黙々と食事をするだけで終わった。

本来なら、仕事についてや事務所の人間について、あれこれ聞きたいところなのだが『守秘義務』と言われてしまっていることもあってなかなか話題にできない。

どんな話題なら許されるだろうと考えているうちに時間は過ぎ、二人して事務所のあるビルに戻ったものの、青柳はまた自宅スペースに引っ込んでしまったため、午後も終了時刻まで田宮は黙々と報告書の作成を続けた。

十七時になると、青柳が事務所にやってきて、

「お疲れ様」

と田宮に微笑んできた。

「定時になったら勝手に帰宅してくれていいから。事務所には鍵をかけてね。出勤のときも、これで開けて勝手に入って」

言いながら青柳が田宮に鈴のついた鍵を一つ渡す。

「なくさないように」

「はい。気をつけます」

返事をした田宮に、

「まあ、ほどほどでいいからね」

青柳はにっこり笑ってそう言うと、「お疲れ」と田宮を送り出してくれた。

まさにアルバイトといった感じだ、と田宮は帰りの地下鉄の中、今日一日を振り返っていた。

どのくらいの期間、働くことになるのだろう。作業としては楽だった。リハビリにはちょうどいい感じである。しかし気疲れはする、と溜め息を漏らす。

慣れればどうということもないのだろうか。初日から音《ね》を上げてどうすると田宮は自身を鼓舞すると、気持ちを切り替え、今日の夕食のメニューを考え始めた。

高梨に嘘をついている罪悪感もあって、彼の特別好きなおかずを用意しよう、と決める。と、そのタイミングで田宮の携帯が着信に震え、ポケットから出すとメールだったため、そのまま開いてみた。

メールは高梨からで、捜査会議が長引くため、今日の夕食は用意しなくていいという内容だった。

「…………」

なんだ、と田宮は脱力してしまった。一人と思うと簡単に外ですませてしまってもいいかも、という気持ちになる。

食べるかはわからないが、高梨には夜食を用意しよう。酒も買っておこうか。取り敢えず一度マンションに戻ることにしようと田宮は豊洲駅に着くと、買い物をすることなく自宅へと戻った。

ロビーを突っ切るときにふと、朝見た光景を思い出す。

司書の藤林とマネージャーの和田。あの二人が知り合いだったことには驚いた、と思いながらエレベーターに向かい、ちょうどきた箱に乗り込む。

そうだ、ひとまず本を返しに行こうか。一応当面の仕事も決まったわけだし、と田宮は思いつき、借りた本を持って図書館へと向かうことにした。

図書館の閉館時間は確か、平日は午後八時のはずだった、と思いつつ中に足を踏み入れると、まだたくさんの人が館内には残っていた。

「ご返却ですか？」

なんとなく周囲を見回していた田宮は、背後から声をかけられ、はっとして振り返った。

「あ、藤林さん」

「こんばんは。ご返却ならこちらですよ」

案内します、と藤林が先に立って歩き出す。

「あの」

別に、これ、という理由はなかった。黙って歩くのがなんとなくいたたまれなかったというだけなのだが、田宮は藤林の背に声をかけた。

「はい？」

藤林が笑顔で振り返る。

「今朝、ウチのマンションにいらっしゃいませんでしたか？」

「え？」

途端に藤林の足が止まり、田宮を振り返る。その顔に違和感を覚え田宮もまた思わず、

「えっ？」

と声を上げてしまった。

「今朝、ですか？」

藤林が笑顔になり、問いかけてくる。なんとなく作った感のある笑みに感じるが、気のせいだろうかと思いながら田宮は、

「ロビーでお見かけした気がしたんですけど」

と話を続けた。

「あ、行きました行きました。友人に会いに」

藤林が思い出した、というように頷き答える。

「ご友人だったんですか」

世間は狭い、と驚いたせいで、田宮の声はつい、高くなった。

「うるさいぞ！」

途端に聞き覚えのある怒声が響く。この声は、と田宮は振り返り、すぐ近くにいたクレーマーの老人、細川《ほそかわ》の姿を認めた。

「すみません」

「田宮さん、ロビーに行きましょうか」

謝罪した田宮を庇《かば》うように、藤林が踵を返し歩き出す。

「あ、いや……」

カウンターで本だけ返して帰るので、と田宮は告げようとしたのだが、藤林の背はかなり遠ざかっていて、呼び止めようと声をかければまた細川に叱られそうだったため、彼のあと

を追うことにした。

「本当にすみません。何度も嫌な思いをさせてしまって」

ロビーに到着すると藤林は大仰なくらいに何回も、田宮に頭を下げてくれた。

「いえ、俺が煩かったのは事実なので……」

藤林に謝ってもらうことではない、と慌てる田宮に、藤林が話しかけてくる。

「ところで田宮さん、今朝、僕がマンションのロビーで話していた相手をご存じなんですか？」

「あ……」

もしや藤林の用件はこちらだったのかと察した田宮は、どう答えようかと一瞬考えたあとに、別に嘘をつかずともよいか、と頷いた。

「知っているというほどでもないのですが……T芸能の和田さんですよね」

「やはりご存じだったんですね」

はあ、と藤林が溜め息をつく。なんだか様子がおかしいと思いながらも田宮は、

「面識があるという程度なんですが」

『知っている』とまでは言えない、と先程の言葉を繰り返した。

「……すみません、友人というのは嘘です」

と、ここで藤林がより深い溜め息をつきながら頭を下げる。

「嘘？」

「……はい。自殺した俳優の渡辺諒さんのお悔やみを言いに行ったんです。あの人、諒のマネージャーですよね」

「えっ」

更に意外なことを言われ、田宮はまたも高い声を上げてしまった。

「嘘ついてすみません……」

藤林が申し訳なさそうに頭を下げる。

「じゃあ、藤林さんが親しくされていたのは、渡辺さんのほうだったんですね」

『諒』という呼び名からしてそうだろうと問いかけた田宮に藤林が、

「友人、といっていいのかはわからないんですが……」

と頭を掻いた。

「よく、本を借りにいらしていたんですよ。渡辺諒だと気づいたら嬉しそうにしてました。まさか亡くなるなんて思ってもいませんでした」

「そうだったんですね……」

藤林の言いようだと『友人』という感じではないようである。司書と図書館の利用者、という関係でしかないのなら、わざわざマンションに出向いてお悔やみを言うというのもなんとなく違和感がある、と田宮が感じているのがわかったのか、

「……それで」

と藤林が言いづらそうに言葉を足す。

「お悔やみを言いがてら、借りっぱなしになっている図書館の本を返してもらえないかと、マネージャーにお願いに行ったんです。返すのはいつでもいいということで。マネージャー、和田さんでしたっけ。こんな大変なときなのに、親切に対応してくれてありがたかったです」

「そうだったんですね」

相槌《あいづち》を打ちながらも田宮は、意外さを感じずにはいられなかった。

渡辺が図書館に通い詰めていたとは。こういってはなんだが、そのイメージはまったくなかった。

とはいえ自分は渡辺とは一度顔を合わせただけであり、何を知っているというわけではない。『意外』などと感じる資格はないかと考えを改め、田宮は藤林を見やった。藤林も田宮を見返す。

「……残念ですね。渡辺さん……」

「渡辺さんのこともご存じだったんですね」

藤林が驚いた顔になる。

「いや、一度会っただけで『知っている』というほどじゃないんですが、ドラマのレギュラーも決まったというし、楽しみにしていたので……」

知り合いではない。だが若い人間が命を落とすのは残念でしかない。そういう意味だったのだ、と慌てて言い直した田宮を前に、藤林は一瞬、なんともいえない表情となったあとに、

「そうですね」

と微笑み、頷いた。

「……もう渡辺さんが図書館に来ることはないと思うと、寂しいです」

ぽつ、と藤林が告げた言葉が、しんとしたロビーに響く。

「………」

なんと相槌を打っていいか迷い、黙り込むしかなかった田宮の視界の隅に、いつの間にかロビーに移動してきていたクレーマー、細川の姿が過《よぎ》る。

今は彼が余計なことを言わないといい。そう願わずにはいられないほど、藤林は落胆しているように見え、どうしたら彼を少しでも元気づけることができるのかと、田宮は必死で頭を働かせようとしたものの、一つとしていいアイデアは浮かばず、藤林の横に座っていることしかできずにいたのだった。

本の返却をすませ、図書館から出ようとした田宮だったが、外には思わぬ人物が待ち受けていた。

「な……っ」

「何をしている」

無愛想としかいいようのない顔で田宮の前に立ち塞《ふさ》がったのは——雪下だった。

「なにって……本を返しに来たんですが」

なぜ彼がここに？　混乱しつつ田宮は雪下の問いに答え、逆に問いを返した。

「雪下さんこそ、なぜここに？」

「俺は……」

雪下が何かを言い返そうとして田宮を見つめる。田宮もまた雪下を見返したため、二人見つめ合う時間が五秒ほど流れた。

「……本を返しに来ただけなんだな？」

沈黙のあと、雪下が確認を取ってきたのに田宮は「はい」と頷き、再び彼に問いかけよう

とした。が、

「ならいい」

と雪下は田宮が口を開くのを待たず踵を返してしまい、田宮はあとを追うこともできずその場に立ち尽くしていた。

すぐに田宮は我に返ったのだが、今のはなんだったのだと啞然とせずにはいられなかった。

雪下の登場も唐突なら、彼の不機嫌極まりない表情の理由もまたわからない。

「…………そういえば……」

田宮は改めて雪下が不意に目の前に現れたときのことを思い出していた。

あのとき雪下は自分と渡辺との関係を聞いてきた。ということは彼が調べているのは渡辺の死についてである。

なぜ、警察官の不正を暴く捜査をしている彼が、渡辺の死を調べているのか。次に田宮の脳裏に浮かんだのは、高梨から聞いた話だった。

『実は亡くなった俳優の身体から、覚醒剤の陽性反応が出たんよ』

雪下が調べているのはこれ、だろうか。

渡辺に覚醒剤を流していた相手が、警察関係者だということか？

このことを雪下に確かめたい。そしてもしもそうだとしたら高梨にそれを伝えたい――とそこまで考えて田宮は、青柳との間で交わした『守秘義務』契約を思い出したのだった。

約束をしたのだから高梨に明かすことはできない。警察の捜査が誤った方向に向かっていたとしても静観しているしかない。

それでいいのだろうか。いいわけがないが、契約ゆえ仕方がない。

仕方がないで済むことなのだろうか。済むわけがない。では高梨に知らせるか？　どうやって？　青柳探偵事務所について何も言及せずに説明することはできるだろうか。

暫《しばら》く田宮は考えていたが、いいアイデアは一つも浮かんでこなかった。自分が高梨に伝えられることは、司書の藤林が渡辺諒のマネージャーと話していたことくらいだろう。

守秘義務がこうももどかしい結果になろうとは。やれやれ、と溜め息を漏らしてしまったそのとき、田宮の背後で聞き覚えのある声が響いた。

「そこの若いの」

「はい？」

この声は、と振り返った田宮の目に飛び込んできたのは、杖《つえ》を突いた細川という名の老人だった。

いわゆる『クレーマー』だという彼が自分になんの用事があるというのか。やはりクレームだろうかと身構えていた田宮を睨《にら》むようにしながら細川が近づいてくる。

「さっき司書と何を話していた？」

「え？」

まさかそんなことを聞かれるとは思わず、田宮はまたも問い返してしまった。

「聞いているのはこっちだろうが」

細川が厳しい声を出したので田宮は、

「すみません」

と反射的に謝ったものの、会話の内容を細川に話す理由はない、と適当に誤魔化すことにした。

「本を返しただけです」

「近くのマンションで自殺した芸能人の話じゃないのか」

細川が意外そうな声を出すのに、田宮は驚いてしまい、またも、

「えっ」

と声を上げてしまった。

「やはりそうか」

細川が満足そうに笑う。

「テレビで観て、そうじゃないかと思ったんだわ。司書とよく話していたからな」

「そうなんですか？」

まさかの話題に、田宮の声が高くなる。

「ああ。やたらとこそこそしとるとは思っていたが、芸能人だとは気づかなんだ。ニュース

の映像で見て初めて知ったわ。有名だったらしいな」

細川は酷《ひど》く饒舌《じょうぜつ》だった。もしや彼は会話に飢えていただけなのかもしれない。そう思ったこともあり田宮は彼との会話の継続を自ら望み話を続けた。

「若い女の子に人気だったようですよ」

「いわゆるアイドルっちゅうやつか」

「アイドル……とは違うような……」

舞台俳優と聞いた気がする、と首を傾げた田宮に対し、細川は、

「どうでもいいが」

と言い捨てたあとに、ぼそ、と言葉を続けた。

「なんで図書館に来ていたのかはわからんかった」

「本を読みにじゃないんですか？」

図書館に来る用事に、それ以外のものがあるのか。問いかけた田宮に細川は、

「あいつは一冊も本は借りとらん」

と言い捨て、田宮を啞然とさせた。

「本を借りてないって……」

「確かめた。カウンターには来るが、本を借りて帰ったことはない」

「じゃあ何をしにカウンターに来るんですか」

「わからん」

細川は尚もそう吐き捨てたあとに、

「それを聞きたかったんだが……」

ぼそりとそう呟いた。

「お役に立てず、すみません……」

じろ、と睨まれたせいもあり、想わず謝ってしまった田宮に、

「本当に役立たずだな」

と細川は遠慮なく呟き、ふいとそっぽを向いた。

「もういい。直接聞く」

「……はあ……」

田宮の答えを待たず、細川は図書館へと引き返していく。なんだったのだ、と、少し足は引きずっているものの、すたすたと早い歩調で去っていく細川の後ろ姿を田宮は呆然と眺めていたが、やがて我に返ると家へと向かい歩き始めた。

まさか細川に追いかけられるとは思わなかった。どうも彼は他人のことに興味津々のようである。もし自分が図書館に来た誰かが本を借りないことに気づいたとして――めったに気づくとは思えないが――その理由を詮索《せんさく》しようと思うだろうか。

よほどやかましくされたとか、嫌な思いをした、等の印象的な出来事があれば気にするか

もしれないが、やはり答えは『しない』だなと一人頷いた田宮は、待てよ、と思わず足を止め、振り返った。

細川の姿はもはや見えない。細川が自分を覚えていたのは、自分の行動が彼には悪印象を与えたからではないか。何をしたということはないが、もし彼が悪印象を抱いているとしたら、自分と話をしていた雪下について、どういった人物なのかあれこれ調べるかもしれないという可能性に気づいたのだった。

雪下と話しているところを彼は見ていただろうか。声をかけられたタイミングからして、見られていた可能性は高そうである。

一応、雪下に伝えておこうかと田宮はスマートフォンを取り出した。昨日のうちに青柳と雪下のメールアドレスと電話番号は教えてもらって登録してある。

電話が手っ取り早いが、もし調査中なら迷惑かも、と田宮はメールを打つことにした。

しかしどこから説明をしたらいいかに迷い、暫し立ち尽くす。

「…………」

家に帰ってからにしよう、と田宮はそう決めると、スマートフォンをポケットに戻し、帰路についたのだった。

帰宅後、田宮は雪下のアドレスに、図書館でクレーマー扱いされている細川という老人がいること、雪下と別れた直後に声をかけられたこと、詮索される可能性があることをできるだけ簡潔にまとめ送信した。

雪下からはすぐに返信があったが、内容は『了解』の一言のみで、あまりの返信の速さから、内容を読んでいないのではないかと田宮は思わずにはいられなかった。

高梨の帰宅は遅いといわれていたので、いつもであれば夕食の仕度をする時間がぽっかりと空いたため、田宮は日記がわりのメモをつけてみようと思い立った。雪下と心を通わすことを目標にしているために、彼とのやりとりを書き記しておこうと思ったのである。

昨日から今日にかけて、雪下と交わした会話を書いてみたが、すぐに終わってしまったのでその前後のことも書いてみる。

声をかけられたきっかけは、スポーツジムでの渡辺諒との諍《いさか》いを監視カメラの映像で見た彼が、その相手を自分と見込んだことだった。となると、と今度、田宮は渡辺諒の死について考え、メモをとっていった。

渡辺は自殺ではなく、何者かに殺されたのだろうか。だから雪下は調べていたと？

図書館に現れた理由は？　渡辺の死に、図書館の誰かが絡んでいると思ったから？

少なくとも司書の藤林は渡辺と面識があったが、彼のことを調べていたのだろうか。それとも別の人間とのことを調べていたのか？　藤林が言うには渡辺はよく図書館に来ていたという。なら雪下の調査対象が藤林以外である可能性も充分高い。

ここで田宮の脳裏にふと、図書館を出たところで声をかけてきたクレーマー老人、細川の顔が浮かんだ。

『あいつは一冊も本は借りとらん』

渡辺は図書館には来るが本は借りていなかったという。それが本当だとしたら、渡辺が図書館に通っていた目的はやはり、そこで人と会うことにあったのかもしれない。

しかし細川の言うことに信憑性《しんぴょうせい》があるかとなると、わからないな、と田宮は首を傾げずにはいられなかった。

彼の目的はなんなのだろう。渡辺がたとえ本を借りていなかったとして、細川にはまるで関係のないことである。

なのにその理由を知ろうとして自分にまで声をかけてきた。好奇心が強いのか。それとも文句を言わずにはいられない体質なんだろうか。

それとも——単に構ってほしいと、そういう心情なんだろうか。

「…………まあ、それこそ俺には関係ないか」

細川の行動の動機を『構ってほしい』からだ、というように解釈するなど、不遜だと田宮は我に返り、わざと声に出して思考を止めることにした。

寂しい老人扱いするのは失礼である。理由は本人に確かめない限りはわからないのだから、と田宮は、今日はこのくらいにしておこう、とノートを閉じた。

雪下が図書館に来ていたことは気になるが、これもまた聞かない限り理由はわからない。雪下本人から聞くのは至難の業であろうから、明日、青柳に聞いてみよう。聞いたところで教えてもらえるとはとても思えないが、図書館で雪下に会ったと言えば、何かしらの言葉は引き出せるだろう。

明日も頑張ろう。そうだ、少し早めに行って掃除をするんだった。田宮は一人頷くと、帰宅が遅くなると連絡を入れてきた高梨の夜食でも準備することにしようと立ち上がった。

夜食を作りがてら、ようやく空腹を覚えたので簡単に自分の夕食も作ると、食卓で一人、それを食べた。

ここに越してきてから、一人で夕食を食べることはなかったな、と、改めてそれを自覚する。高梨が職場復帰するまでは毎日一緒に食べていたし、復帰したあとも万全ではないからとほぼ定時で帰ってきたため、やはり夕食は一緒にとっていた。

入院する前までは、一緒に夕食をとることなど稀《まれ》だったのに、最早それを忘れている。幸せにはすぐ慣れる、ということだろうか。そして寂しさには慣れるのに時間がかかる。

高梨に今日見聞きした一連のことを——渡辺と司書の藤林に面識があったことや、それを細川が気にしていたことを伝えておいたほうがいいだろうか。

しかし渡辺の死とは関係ない気もする上、雪下のことだけ隠す不自然さを見抜かれるかもしれないと思うと、別に知らせるまでもないかと思えてきた。

「……………」

秘密を持っていることにも、慣れる日は来るのだろうか。

我知らぬうちに溜め息をもらしてしまっていた田宮の脳裏には、今頃捜査に明け暮れているであろう高梨の精悍《せいかん》な顔が浮かんでいた。

結局、その夜、高梨は帰宅せず、翌朝になってから田宮のもとに『当面泊まり込むことになった』という連絡が入った。

『着替えは今日の昼間、取りに戻るさかい、心配せんでええよ』

電話の向こうで高梨は明るくそう告げたが、それは自分が日中働き始めたがゆえの気遣いだとわかるだけに、田宮は申し訳なさを感じずにはいられなかった。

「夕方でよかったら着替えと差し入れ、届けるよ」

それでそう申し入れたのだが、高梨からは、

『それが夕方には東京におらへんのや』

と田宮以上に申し訳なさげな声で告げられた答えが返ってきた。

「出張か？」

『せや。詳しいことは言われへんのやけどな』

ますます申し訳なさげな声を出す高梨に田宮は、

「ごめん、わかってるから」

と彼に罪悪感を抱かせたことを心底申し訳なく思いつつ、

「気をつけてな」

とだけ言って電話を切ろうとした。

『おおきに。ごろちゃんも気ぃつけや』

高梨が明るく笑って電話を切る。暫し手の中にあるスマートフォンを眺めていた田宮だったが、すぐに気を取り直すと、出張に持っていくための高梨の下着やワイシャツなどをボストンバッグと共にわかりやすいところに置くべく準備をした。

そのため、青柳探偵事務所には早めに出勤するはずが、結局は昨日と同じような時間になってしまった。

とはいえ青柳は姿を見せなかったので、田宮はとりあえず事務所内を片付けることにし、乱雑さを極める書類を分類し、報告書のファイルもわかりやすいように作り直した。

ひととおりの作業が終わるとちょうど正午となったが、その時間にも青柳は姿を見せなかった。

昼食はどうしようかと考え、近所のコンビニに買いにいくことにする。事務所に戻り、食事を始めようとしたが、一人で黙々と食べるよりは音声が欲しい、と、接客スペース近くにあるテレビをつけることにした。

昼のニュースを観ながら食事を始めた田宮だったが、流れるニュースを観るうちに、信じがたいニュースが目に飛び込んできて愕然《がくぜん》とさせられたのだった。

『本日未明、江東区在住の細川秀彦《ひでひこ》さんが歩道橋の階段から転落し、亡くなっているのが発見されました。警察は事件と事故、両方を視野にいれ捜査しています』

「え？」

画面に映された写真はどう見ても、図書館で会ったクレーマーの細川だった。

そんな馬鹿な――。

呆然としているうちにそのニュースは終わり、新たなニュースが流れ出す。田宮は急いでパソコンへと向かうと、今観たばかりの『細川秀彦』の名前で検索してみた。『リアルタイム』をチェックすると、ニュースがいくつも引っかかる。

写真は間違いなく、細川のものだった。亡くなったのか、彼が。このタイミングで？

違和感しかない。検索を続けながら田宮は、本当にあの老人が亡くなったのだろうかと疑問を持ち続けていた。

「どうしたの？」

あまりにパソコンに熱中しすぎて、ドアが開いたことすら気づいていなかった。いきなり背後で声がしたことに驚き、田宮は思わず、

「わっ」

と声を上げてしまった。

「どうしたの？」

問いかけてきたのは青柳だった。驚いたように目を見開いている。

「あの！」

そんな彼に田宮は身を乗り出さずにいられなかった。

「昨日会ったばかりだったのに！　亡くなるなんて！」

「どうしたの、田宮君。何を泡食っているの？」

青柳は戸惑った顔をしていた。それを見て田宮は少し自分を取り戻すことができ、今、見聞きしたばかりのニュースを説明することができた。

「実は……知っている人が亡くなったんです」

「知り合い？」

「いえ、知り合いっていうわけでは……」

見知っているだけで、と告げた田宮に、

「ふうん」

既に青柳は興味を失っているようで、興味なさげな相槌を打つと、

「それじゃ僕はランチに行ってくるよ」

と出て行こうとした。

「あのっ」

思わずその背を呼び止めたときの自身の心理を、田宮はあまり把握できていなかった。

「ん？」

あの細川が亡くなった。青柳に言ったとおり、親しかったわけではない。二、三度絡まれただけである。正直、持て余しはした。しかし歩道橋から転落して亡くなったことを知っては冷静ではいられない。

笑顔で振り返った青柳に対し、何をどう言っていいのか、まるでわかっていなかったこともあって田宮は、青柳に聞こうと思っていたことを思わず口にしていた。

「昨日、図書館で会ったんです。雪下さんに」

「雪下に？」

いきなり何を言い出したのかと戸惑った声を上げる青柳を前にし、ますます追い詰められたような気持ちになっていた田宮は、頭に浮かぶがままの言葉を口に上らせる。

「それを見られたんです。多分」

「誰に？」

「亡くなった細川さんに！」

「……え？」

青柳が訝しそうに眉を顰《ひそ》める。

「何を言いたいの？　田宮君」

「……あ……」

確かに、何を言いたいのかと問われても仕方がないことしか言っていない。我に返った田宮は、

「すみません」

とまずは青柳に詫びてから、この機に、と問うてみることにした。

「昨日、雪下さんに図書館で声をかけられたんです。何をしているのかと。本を返しにいっただけだったんですが、雪下さんは一体何を調べていたんでしょう？　亡くなった渡辺さんと図書館の関係でしょうか？」

「……それを聞くと田宮君は後悔することになるんじゃないかな」

青柳が苦笑しつつそう答える。

「……え？」

なぜ後悔を、と眉を顰めた田宮に青柳が、

「守秘義務を守れなくなるってこと」

と笑った。

「高梨警視は渡辺諒について捜査をしているんでしょう？　雪下の行動の説明をしてあげてもいいけど、それを田宮君、君は決して高梨警視には言えないんだよ。確実に捜査に役立つ情報を言えないって、君にしたら辛《つら》いんじゃない？」

「…………」

青柳の指摘に田宮は声を失った。まさに彼の言うとおりであると気づかされたからである。

「今の話、雪下には伝えておくよ。確かに死体が多すぎる」

微笑みながら青柳はそう言うと、

「それじゃ、ランチに行ってくるから」

とドアから出ていった。バタン、と閉まるドアを田宮は暫し見つめていたが、やがて溜め息を漏らすとポケットからスマートフォンを取り出し、画面を眺めた。

高梨に知らせたい。しかし青柳との約束を破るわけにはいかない。どうするかと迷った結果田宮は、図書館で顔を合わせたことがある老人が亡くなったということを伝えようと気持ちを固めた。

老人から声をかけられたことも伝えていいだろう。決して口にしてはならないのは雪下のことだけだ。

それで田宮は高梨にメールを打ち始めた。今、ニュースで細川の死を見たこと、彼に昨日、図書館で声をかけられたこと、内容は亡くなった渡辺がよく図書館に来ていたが、一度も本を借りた様子がなかったということ。

文章を打ちながら田宮は、やはり細川の死は事故ではないのではと思えてきてしまった。自分が考えることではない。しかしどう考えても不自然である。

不自然といえば、本を借りないのに図書館に通っていたという渡辺の行動も不自然である。しかしこれは細川から聞いたことなので信憑性の有無はわからないが、そのことも併せて伝えることにしよう、と、メールを打ち続け、読み返してかなり長文になってしまったことを反省しつつ送信する。

果たして高梨はどう思うだろう。彼にメールを送ったことに関しては、青柳に報告が必要だろうか。明かしていけないことは明かしていないので特に必要はないのか。

迷った結果、一応、知らせておくことにしようと田宮は一人頷いた。隠すよりも余程健全だと思ったからである。

それにしても、と田宮は再び自分が送信したメールを読み始めた。細川とは『かかわりがある』とはとてもいえないような状態だった。が、まったく知らない相手ではない。

クレーマー扱いされていたし、実際自分の目で見た感じでもいかにもな『クレーマー』ではあった。

そうなるに至った経緯はどのようなものだったのだろう。

理由を知ったところで、既に終わってしまった彼の人生をどうこうできるわけではない。理解したとしてももう、それを本人に伝えることはできないのだから。

いつしか深い溜め息を漏らしていた田宮は、自分のついたその音で我に返り、スマホの画面を閉じた。

高梨は今日、帰宅するだろうか。どこかに出張に行くと言っていたから、戻らない可能性は高い。それなら明日ここに来る前に、差し入れと着替えを警視庁に届けることにしよう。

そのときもし運良く高梨がいれば自分の報告に関する彼の意見を聞けるかもしれないから。

ここでふと、田宮は我に返った。高梨から聞いたことを果たして自分は、青柳らに伝えるのだろうか——。

所長の端整な横顔を思い起こしながら田宮は、実際これは酷く困難な選択となるだろうと気に病まずにはいられないでいた。

9

「どうしました？　高梨さん」

江東署の守山に問われ、高梨は今まで食い入るようにして見ていたスマートフォンから顔を上げた。

二人は今、渡辺の実家のある名古屋に向かう途中だった。両親や中学時代の友人から話を聞くためだったのだが、高梨が田宮からのメールの着信に気づき、珍しいなと思いながら開いてみたところだった。

普段、田宮は高梨の仕事に気を遣い、電話は勿論、メールも何か余程のことがない限りは打ってこない。

それだけに、一体何事かと思い読み始めたのだが、まさかこのような用件だったとは、と高梨は声を失っていたのだった。

「誰からです？　部下のかたですか？」

守山は高梨に対して好印象を抱いてくれているようには感じる。しかし所轄と本庁、何かと揉める場合も多いようで、問うてくる笑顔が少し引き攣《つ》っていることに高梨は気づいた。

「ああ、すみません。家からですが、思いもかけん用事で……」

隠す必要はない。それどころか情報を共有し、守山の意見を聞きたい、と高梨はスマートフォンに書かれた内容を読み上げた。

「図書館でクレーマー扱いされとる老人が亡くなった、いう知らせでした。テレビのニュースでやっとったのを見たそうです」

「そう……ですか」

相槌を打ちながらも守山は訝しそうな顔をしている。だがこれを聞けば彼もまた自分同様、唖然とするに違いない、と高梨は周囲の乗客に聞こえぬよう更に声を潜め、隣に座る守山の耳元に囁くようにして言葉を続けた。

「亡くなった老人が言うには、渡辺さんはよく図書館に来ていたが、一回も本を借りたことがなかったと。司書の藤林さんのもとに通っていた様子だというんです。その藤林さんを昨日の朝、マネージャーの和田さんと一緒にいるところをマンションで見かけたとも書いてあります」

「それは……気になりますね」

守山が小声ながらも興奮した様子となる。自分と同じことを考えているようだ、と高梨も大きく頷くと守山は、

「この件、すぐ本部に知らせましょう」

言いながら立ち上がり、デッキに向かっていった。

一人になると高梨は田宮にメールの返事を打った。

『おおきに。助かったわ。ごろちゃんはもう、図書館には行かんようにな』

わざわざそう書いたのは、田宮を危険から遠ざけたいという高梨の気持ちの表れだった。田宮は好奇心の強いところがある上、責任感も強いため、自分の情報が何か役に立ちそうだとわかれば更に究明しようと動きかねない。

それで釘を刺したのだが、田宮からはすぐ『わかった』という返信があり、やれやれ、と高梨は溜め息を漏らすと、一言『愛してるよ』とメールを送信した。

と、そこに守山が帰ってきたのだが、彼は実に複雑な表情を浮かべていた。

聞かずにはいられないような動揺っぷりに、高梨が問うと、守山は、

「どうされました?」

「それが……」

と言葉を濁し、俯いた。

「?」

何か言えないようなことか。彼には所轄と本庁の壁めいたものは感じなかったのだが、と高梨は首を傾げたが、言いたくないものを無理強いはできないと話題を変えることにした。

「名古屋に着いたらまず、どこに向かいましょうか。ご実家は数駅先になるので、中学校か

らにしますか？」

「……あの、高梨さん」

守山の顔は青かった。額には脂汗が滲《にじ》んでいる。

「はい？」

「……私は東京にとんぼ返りをしなければならなくなりました」

「……え？」

思い詰めた表情でそう告げた守山が、ずい、と高梨に向かい身を乗り出す。

「守山さん？」

「言うなと言われましたが、さすがに黙っていることはできません。高梨さんも一緒に東京に戻りましょう」

「……それはもしや、渡辺さんへのルートがわかったと……そういうことですか？」

名古屋へは無駄足だということか、と問いかけた高梨に、守山が小さく頷く。

「……おおきに」

「いえ……これからです。何もかも」

青い顔のまま守山はそう言うと、そのまま黙った。高梨はそれ以上彼に何を聞くこともせず、黙って車窓を見つめる。

と、隣で何かを手帳に書いていた守山が、高梨の腕を軽く突くと、視線を向けた彼にすっと、自分が書いたページを開いてみせた。

「……っ」

書かれた文字を見て高梨は驚きのあまり目を見開き、視線を守山の顔へと移す。

「…………」

守山は高梨を見ていなかった。すっと手帳を閉じ、スーツの内ポケットに仕舞った彼に高梨は、

『おおきに』

と声を出さずに礼を言い、頭を下げた。

無反応の彼の腕を高梨は一瞬強く摑み、すぐに離した。守山の心情を思うとそうせずにはいられなかったのだが、守山は顔を上げると高梨を見て、小さく頭を下げて寄越した。

少し落ち着いてきたらしく、顔色が戻りつつある。試練のときだが心を強く持ってほしい。そう祈らずにはいられないでいた高梨の頭には、自分に知らせることをさぞ葛藤したであろう、守山の書いた先程の文字が浮かんでいた。

『渡辺への覚醒剤ルート、窓口は図書館の司書の藤林。販売元は金井《かない》組。今まで一度も摘発されなかったのは江東署内に協力者がいたため。現在調査中』

捜査そのものを握り潰《つぶ》すことができる『協力者』は幹部としか思えない。これから江東署は大揺れとなるだろう。

覚醒剤のルートがわかれば渡辺の家族や友人を訪れる必要はなくなる。隠すことはせずに共に戻ろうと言ってくれた守山に感謝の念を抱きながら高梨は、ますます田宮には図書館に近づいてほしくないと願わずにはいられなかった。

午後六時すぎに田宮は青柳の事務所をあとにした。六時まで粘ったのは、雪下が戻るのではないかと期待したためだったのだが、生憎《あいにく》彼は一度も顔を見せなかった。

青柳もまた、昼休みに現れた以降は一度も事務所には来ず、田宮は一人報告書をまとめたり、事務所内の整理をして過ごしたのだった。

田宮が雪下を待ったのは、自分の打ったメールに対する高梨の返信が気にかかっていたせいだった。

『ごろちゃんはもう、図書館には行かんようにな』

敢えてそう言ってきたところをみると、やはり細川の死は事件とかかわっていたのではと思えてくる。

細川から聞いた、渡辺と司書藤林の繋《つな》がり。渡辺が一度も本を借りたことがないのに図書館に通っていたというのがもし事実なら、その理由は一つしか考えられない。

渡辺は覚醒剤を使用していたという。その入手先が図書館だったのではないか。だからこそ司書のもとに本も借りないのに通っていた。となると藤林が売人ということになるのでは。そのことを雪下は調べていたのではないか、と、田宮の頭の中で推察が一本の線として繋がったのだった。

雪下が調べていたのは渡辺のことであり、図書館のことだった。同じく二人のことを気にしていた老人、細川がこのタイミングで亡くなっているのも限りなく怪しい。

それを雪下本人に確かめたかった。何を言おうと相手にされないとはわかっていたが、それでも確かめたいという気持ちを抑えかねていたのだった。

とはいえ帰ってくるまで粘るわけにはいかない。今日は帰ろう、と田宮は諦め、帰路についたというわけだった。

電車の中で田宮は、改めて自分の考えを辿《たど》ってみた。無理のない推論だと思う。だが雪下がなぜ、覚醒剤ルートを調べているのかというところは少し気になっていた。

青柳の事務所の仕事は、警察官の不祥事を調査するものだという。となると藤林による覚醒剤の売買に、警察関係者が絡んでいるということだろうか。

それとも藤林の客に警察官がいると、そういうことか。その絡みで自分のことが——高梨と同居している自分がかつて、覚醒剤を投与されたことがあるというネット映像が再び取り沙汰されないといいのだが。

つい、溜め息を漏らしそうになっていた田宮は、いけない、と我に返った。想像で暗くなってどうする。実際そうなってから思う存分落ち込めばいいのだ。

今日は今のところ、高梨から帰宅する、もしくはしないといった連絡はない。彼が帰ってきたときのために慰労の気持ちが伝わるよう、好物を用意することにしよう。己を鼓舞しながら田宮は、一日も早くすべての謎が解明され、犯罪に手を染めた者は逮捕されるといいと祈らずにはいられなかった。

最寄り駅に降り立つと田宮は買い物を済ませ、マンションへと戻った。未だ、マンション前には記者が数名いるようである。

ネットニュースをチェックした限りは、まだ渡辺が覚醒剤を使用していたことはニュースにはなっていないようだった。公表されればまた大勢の記者やカメラマンが訪れることになるだろうと思いながらエントランスを入ろうとした田宮に、背後から声をかけてくる者があった。

「あ、田宮さん。ちょうどいいところに。待ってたんですよ」

「…………」

この声は、と振り返った田宮の視界に飛び込んできたのは――司書の藤林の痛ましげな顔だった。

「あの……」

図書館には行くなと言われていたので、近づくまいと思っていた。危険があるから高梨もそう念を押してきたのだろうと推察できたからである。

だが、まさか藤林のほうから訪ねてくるとは思わなかった、と田宮は内心の戸惑いを隠しつつ、なんの用かと彼に問うてみることにした。

「俺を待っていたというのは……？」

「突然すみません。実は田宮さんによく絡んでいた細川さん……わかります？　あのおじいさん、亡くなったそうです。ご存じでした？」

真面目な顔で藤林が問うてくる。彼の意図はどこに、と思いながら田宮は、

「はい、ニュースで見ました」

と、当たり障りのない返事をした。

「驚きましたよね。色々、問題のある人ではありましたが、まさか亡くなるなんて……」

藤林はショックを受けているようである。いや、そう見せているだけか、と俯いた顔を窺おうとした田宮の前で藤林は、ぱっと顔を上げ、田宮に訴えかけてきた。

「細川さん、一人暮らしとのことで、弔問に訪れてくれる人が誰もいないそうなんです。細川さんのアパートの大家さんもよく図書館を利用してくださるので顔馴染《なじ》みなんですが、お線香の一本でも上げに来てもらえないかと頼まれてしまって。他にも縁のありそうな人に声をかけてほしいと言われたんですが、細川さんとかかわりがあった人を誰も思いつかなくて。

それで田宮さんを誘いに来たんです。何度かお話しされていましたよね？」

「……ええ、まあ……」

不自然すぎる誘いだった。しかし内容的にはとても断りにくい。

「細川さん、いつも一人だったから……田宮さんも細川さんとはご縁が薄いかとは思うんですが、一緒にお線香、あげに行ってもらえませんか？　ここから本当に近いんです。細川さんのアパート。是非お願いします。お線香を一本、手向《たむ》けるだけでいいので……」

藤林が真摯な表情で訴えかけてくる。人のよさそうな青年だと思っていた。今もその言葉も、態度も『人がよさそう』ではあるが、そういう仮面を被《かぶ》っているだけとしか、もう田宮の目には映らなくなっていた。

どうしよう。断ればいい。しかしどうやって断る？　これから用事があるというのは嘘っぽい。細川には線香など手向けたくはないと言えばそれでもと押してはこないだろうが、万一、この話が本当であった場合――万に一つもないだろうが――線香をあげにいかないというのはどうなのかと思ってしまう。

今は無理だと言い、日を改めてもらうか。そうだ、一度部屋に戻りたいと言おう。そのときに高梨に電話を入れる。そうしよう、と田宮は心を決めると、できるだけ自然に見えるよう心がけつつ藤林に向かって答え始めた。

「なんにせよ、買ったものを部屋に置いてきます。喪服も着たほうがいいかと思うので、少し時間をいただけますか？」

「喪服の必要はないそうですよ。そう時間はかかりませんから、このまま行きましょう」

しかし藤林はひたすら押しの強さを発揮し、さあ、と田宮の腕を取ろうとする。

「いや、冷蔵庫に入れる必要もあるので」

「大丈夫。すぐですから。それに言いかたは悪いですが、すぐ引き上げる口実にもなりますよ。大家さん、いい人だけど話が長いんです」

こういうのはなんというのか。ああ、そうだ。『息をするように嘘をつく』。

もしかしたら本当に大家の話は長いのかもしれない。しかし最早信用はできない、と田宮は藤林の腕を振り解こうとした。

「すみません、一度部屋に戻ります」

「田宮さん」

しかし藤林の腕は緩むどころかますます強い力で田宮の手首を摑む。

「行きましょう」

藤林の顔は今や、能面のようになんの表情も浮かんでいなかった。強い力で田宮を無理矢理引き摺ろうとする。

感情がまったく籠《こ》もっていないその目の暗さに、田宮の背筋を冷たいものが流れた。異変に気づいた周囲の人たちのざわめきが次第に大きくなっているというのに、藤林の耳にはま

ったく入っていないのか、

「行きましょう」

と強引に田宮の腕を引いて歩き始める。

「どうされました？」

いつもロビーに待機している警備会社の制服を着た男たちが二人、駆け寄ってきた。これで解放されるだろうと田宮が安堵したそのとき、シュッと空を切る音がし田宮の目の前を銀色の残像が過る。

周囲に悲鳴が上がったのと、警備員の一人が床に尻餅をついたのが同時だった。田宮の手首を摑んでいないほうの手で藤林が握っていたのは——ナイフだった。

警備員の頬から、つう、と血が滴る。まさかナイフを持っていたなんて、と呆然としていた田宮を藤林が見やった。

「さあ、田宮さん、行きましょう」

「け、警察を呼べ！」

「ナイフだ！　ナイフを持っているぞ！」

悲鳴の中、会社帰りのサラリーマンや学生たちが焦った声を上げている。藤林は自棄《やけ》になっているのだろうか。ナイフまで持ち出すなど、正気の沙汰ではない、と田宮は必死で踏みとどまり、藤林の腕から逃れようとした。

「ナイフ、見えませんか?」

藤林が不快そうに眉を顰め、ナイフを、そして田宮の顔を見る。

「………どこに行こうとしているんですか」

ナイフの切っ先は今、周囲を威嚇するように藤林の前方に向いている。しかしいつ、刺されるかわからないと緊張しながらも田宮は、できるだけ藤林を煽らないよう気をつけつつ問いを発した。

「とにかく、来てください。あなたを連れていかないと、僕があいつらにどんな目に遭わされるかわからない」

藤林の目はすっかり泳いでいた。田宮の手首を握る指先は白くなり、口角から泡を飛ばす勢いで喋《しゃべ》り始める。

「殺されるかもしれない。怖いんです。あなたにはなんの恨みもないけど、でも、連れていかなきゃ。あのじいさんみたいに殺されてしまう……っ」

「藤林さん、大丈夫ですか、そんな……」

常軌を逸している様子の藤林をなんとか落ち着かせねば。警察には誰かが通報してくれていると信じたい。彼の手にはナイフがある。いつその切っ先が自分に向くかわからない。

興奮して藤林が叫ぶ内容が内容なだけに、今や野次馬と化したロビー内の人間の口から悲鳴が上がる。

これではますます藤林は興奮する。頼むから静かにしてもらえないか。祈りながら田宮が周囲を見回したそのとき、

「ごろちゃん！」

周囲の人垣を割るようにしてかけつけてきたのは高梨だった。

「ごろちゃん？」

藤林が訝しそうに高梨を、そして田宮を見る。

「あ、刑事か。例の」

そして何かに思い当たった顔になったかと思うと、あはは、と高い笑い声を上げ始めたものだから、こんなときであるのに田宮は啞然とし、藤林を見やってしまった。

「あの動画で名前が出てた刑事だろ？　そうか。そういうことか」

「……っ」

藤林の言葉を聞いた瞬間、田宮の頭からさあっと血の気が引いていった。

『あの動画』が何を指すものか、心当たりは一つしかない。なんということか。藤林は『あの』動画を知っている。自分が覚醒剤を打たれたときのものを――。

頭の中が真っ白になりかけたそのとき、

「うっ」

藤林の手がなぜか緩み、田宮の手首を摑んでいたその手で己の目の辺りを庇う。逃げるチ

ャンスだ、と田宮が察するより前に、高梨が藤林に飛びかかり、彼の手からナイフを奪っていた。

「離せ！　離せよう！」

暴れる藤林を高梨が押さえ込む。と、刑事と思しき中年の男や若い男が高梨と藤林を囲んだかと思うと、あっという間に藤林に手錠をかけ、引き立てていった。

「大丈夫か、ごろちゃん」

その様子を呆然と見ていた田宮に高梨が駆け寄ってくる。

「…………良平…………」

田宮はそのまま、へなへなと座り込んでしまった。

「大丈夫なわけないわな。怖かったやろ」

言いながら高梨が田宮の腕を摑んだかと思うと、その場で彼を抱き上げる。周囲で、「おお」というような声が上がったのに、田宮はようやく我に返ることができ、慌てて高梨に訴えた。

「だ、大丈夫だから。下ろしてくれ」

「あかん。怪我してへんか、確かめるまでは下ろされへん」

きっぱりと言い放つ高梨に田宮は、

「でも目立つから！」

噂になりたくないんだ、と高梨に訴えた。

先程の藤林の言葉を、住民たちも聞いていた。『あの動画』がなんであるか、詮索されるかもしれない。そうなれば高梨の立場に傷がつきかねない。それを田宮は恐れたというのに、高梨は、

「ええから」

とまるで取り合わず、そのままエレベーターホールへと向かおうとした。

「良平」

「部屋まで送るわ」

「大丈夫だから」

田宮が何を言っても高梨は聞く耳を持ってくれず、結局高梨に『お姫様抱っこ』よろしく抱かれたまま、田宮は自室へと戻ることとなった。

「大丈夫やった?」

ソファに下ろしてくれながら、高梨が心配そうに問いかけてくる。

「……良平こそ、大丈夫だったか?」

今更心配になり田宮は高梨に問いかけた。ナイフを持っていた藤林に飛びかかっていった高梨が怪我をしなかったか、なぜ今まで気にかけなかったのかと反省していた彼に、高梨が笑顔で大きく頷く。

「僕は大丈夫や。それにしても誰やったんやろ。藤林の顔にレーザー光線当ててくれたんは」

「え？　レーザー？」

だから眩《まぶ》しげに目を覆ったのか、と納得した田宮の頭にふと、一人の男の顔が浮かんだ。

しかしまさかな、と首を横に振った田宮に高梨が問いかけてくる。

「大丈夫か？　ごろちゃん。何があったか話せるか？」

「あ、うん。ごめん。話すよ。ここでいいか？　それとも警察で話したほうがいいか？」

高梨が自分を部屋まで連れてきてくれたのは、話を聞きたかったという理由もあったのかと察した田宮は慌てて姿勢を正すと、高梨を真《ま》っ直《す》ぐに見据え問いかけた。

「ここでええよ」

田宮の視線を受け止め、高梨が笑顔で頷く。

「ええと……」

田宮は高梨に、藤林がマンションで自分を待ち伏せしていたことや、自分を亡くなった細川の家に連れていこうとしたこと、しかし嘘としか思えなかったことなどを、思い出せるかぎり詳しく伝えた。

「……おおきに。怖かったやろ？」

田宮が話し終えると高梨は、はあ、と抑えた溜め息を漏らしてから跪《ひざまず》き田宮を抱き締めてきた。

「……怖いというか……うん、怖いか。それより……」

気になっているのは藤林が口にした『あの動画』という単語だった。

ロビーには住民と思しき人々が溢《あふ》れていた。聞いた人間の中には好奇心を覚え、ネットで検索をするようなこともあるかもしれない。

見つけた人がいれば、噂が広まりかねない。高梨の迷惑になってしまう。唇を噛んだ田宮は、高梨に手を握られ、はっとして彼を見た。

「余計なことは考えんとき。僕が帰るまでは家を出たらあかんよ。約束してや？」

高梨が田宮の手をぎゅっと握り締める。

「うん……うん……」

温かな掌の感触。彼が無事でよかった。自分のことよりもまず、高梨の無事に安堵していた田宮の手を一段と強い力で握ると、高梨は名残惜しそうにその手を離した。

「本部に戻るわ。ほんま、気ぃつけてや？　なんなら富岡君を呼んでもええで」

「なんで富岡？」

意外さから思わず笑ってしまった田宮を見て、高梨は少し安堵したような顔となった。

「富岡君ならすぐ来てくれるんやないかと思うたんや。ごろちゃん一人で残すのは心配やし」

「大丈夫だよ。オートロックだし、鍵も開けないから」

富岡には少し前に、結果として日に二回も来てもらっている。来て欲しいと言えば来るだろうが、さすがに申し訳ないと田宮は高梨を納得させせると、

にした。

しかしすぐさま留守番電話に繋がったため、田宮は電話を切り、メールで連絡を取ること

一人になると田宮はすぐに、雪下の携帯に電話をかけた。

と彼を逆に気遣い、送り出したのだった。

「気をつけて」

ロビーで自分を救ってくれたのは雪下に違いないと、田宮は確信していた。それで雪下のアドレスに礼を打ったのだが、思いの外早く来た返信には、ただ『ＮＨＫ』の文字があった。

「？」

意味がわからない。テレビをつけろということだろうか、と思いながらリモコンを手に取った田宮の前で、ＮＨＫニュースが流れ出す。

『亡くなった俳優の渡辺諒さんもかかわっていたと思われる覚醒剤取引の全貌が明らかになりつつあります。販売元は広域暴力団金井組であり、彼らの後ろ盾になっていたのが江東署の山田《やまだ》署長であったことに衝撃が走っています』

「……っ」

警察関係者はやはり、かかわっていた。ということは間違いなく雪下が調べていたのは藤林であり、渡辺が覚醒剤を入手したルートを調べ上げたということなのだろう。

警察署長か、と田宮は逮捕直前の藤林の態度を思い起こした。

『殺されるかもしれない。怖いんです。あなたにはなんの恨みもないけど、でも、連れていかなきゃ。あのじいさんみたいに殺されてしまう……っ』

ヤクザに脅されての行動だった。そういうことなのだろう。そしてそれを調べ上げたのが、とスマートフォンの画面を見やった田宮だったが、メールの着信に気づき、焦って開いた。

『明日は有休でもいい』

メールは雪下からだった。淡々としているようで、自分への気遣いが感じられることに戸惑いを覚えつつ、田宮は彼に返信した。

『ありがとうございます。大丈夫です。明日話を聞かせてもらえますか？』

しかし数分待っても雪下の返信はなく、まあ、ないだろうなと予測していた田宮はそれまで手にしていたスマートフォンをテーブルに置いた。

そのままごろりとソファに横たわり、天井を見上げる。自分を助けてくれたのが雪下であると高梨に伝えられたらどれほどいいか。いつか明かせる日は来るのだろうか。自然と溜め息を漏らしていた田宮の脳裏に高梨の顔と雪下の顔が次々浮かぶ。

未だ、ボタンの掛け違いのように心が擦れ違っている二人の間の橋渡しをしたいという己の願いが叶う日が一日も早く来るといい。その一助を担えたらどれほど嬉しいか。そう願う田宮の掌はいつしかその願いの強さを物語るように強く握られていたのだった。

金井組が摘発されたことがわかると藤林は安堵した顔になり、自分がかかわっていた覚醒剤取引をはじめ、すべてをつまびらかに自供した。

「……僕、金井組の罠にはまったんです。ぼったくりバーと知らず入った店で多額の請求をつきつけられ、払えないのなら言うことを聞けと……」

暴力団員に図書館まで押しかけると言われては従わざるを得なかった。就職難でようやく就いた職を失いたくなかったのだ、と藤林は溜め息を漏らした。

「金井組は覚醒剤の引き渡し場所に苦慮していたようです。それで図書館の窓口に目をつけたと言っていました。宅配便で覚醒剤が入っている封筒がまとめて僕宛に送られてきて、その封筒に書かれた日時に窓口で顧客に渡すという流れでした。顧客には僕の顔を教えてあると。最初は合言葉もありました。そのうちにお互い顔馴染みになったので何も言わずに渡すようになりましたが……」

「顧客は何人いたんだ?」

江東署の守山が厳しい顔で問いかける。

「図書館の窓口に来ていたのは、十二人です。全員、図書館近辺の高層マンションの住民でした。富裕層っぽかったです。こんな人たちが覚醒剤なんてやってるんだなと驚きました」

藤林の顔に揶揄めいた表情が浮かぶ。

「俳優の渡辺諒が来たときには驚きました。妹がファンなんです。つい、声をかけそうになりました。かなり頻繁に来ていて、大丈夫なのかなと思っていたら自殺報道が出て……。そのあとマネージャーに呼び出されたんです。なんといったか……ああ、和田さん。和田さんからは覚醒剤のことは絶対にマスコミには明かすなと頼まれました」

「脅されたからだけじゃないよな？　金井組からはいくら貰っていた？」

薄ら笑いを浮かべる藤林に、守山が一層厳しい口調で問いかける。

「……一回につき一万。たいした額じゃありません」

藤林が言い終わらない間に、守山がバシッと机を叩いた。

「お前も覚醒剤取引に立派にかかわっているってこと、わかってんのか？　現に渡辺さんは自殺までしている！　何が『大丈夫なのかなと思っていた』だ。そう思ったのならなぜすぐに警察に届けない！」

「そんな……無理です。殺されてしまいます。金井組に……」

途端に藤林は泣きそうな顔になり、守山に訴えてきた。

「クレーマーの細川さん。あのじいさん、渡辺諒は一回も本を借りていないはずなのになぜ頻繁に僕のところに来ていたのかとしつこく聞いてきたんで、それを金井組に知らせたら、すぐ殺されてしまった。その日のうちにですよ？　下手なことを言えば僕もいつ命を奪われるかわからない。怖かったんです。だから言うことを聞くしかなかったんです」

わかってください、と泣き出さんばかりの様子の藤林を前に、守山が、やれやれ、というように溜め息をつく。

「そもそもお前が覚醒剤取引の窓口を引き受けなければ、少なくとも細川さんや渡辺さんは命を落とすことがなかった。そのあたり、ちゃんとわかってるのか？」

守山がそう告げると藤林は、

「でも……怖かったんです……」

がっくりと肩を落としつつも、やはり『怖かった』という言葉を繰り返し、取調室にいた刑事たち全員が彼の中に反省の色を見出すことができないまま、取り調べは終わった。

一方高梨は、渡辺諒のマネージャー、和田と別室で向かい合っていた。

「渡辺さんの覚醒剤使用について、ご存じだったんですね？」

実は高梨は気になることがあり、和田を呼び出したのだった。和田は素直に出向いてくれたが、彼の顔色は悪く、今にも倒れそうな様子をしていた。

「……知ったのはごく最近です。様子がおかしいとは思っていましたが、まさか覚醒剤を常用していたとは思いませんでした……」

俯き、ぼそぼそと言葉を続ける。藤林から聴取した渡辺に関する内容を伝えたのが余程ショックだったと見える、と高梨は和田の顔を覗き込んだ。

「あなたが覚醒剤のことを知ったのはもしや、渡辺さんが亡くなった日ではないですか？」

「……っ」

途端に和田の肩がびく、と震え、彼が伏せていた顔を上げる。

「……渡辺さんの手首を切ったのは、本人ではなくあなただったんやないですか？」

和田としっかり目を合わせながら、高梨がそう問いかける。

「えっ」

同席していた竹中が驚いた声を上げたあと、しまった、というように口を閉ざす。そんな彼をちらと見たあと和田は、視線を高梨へと戻し、こく、と小さく頷いた。

「……なぜ、わかったんですか？」

俯いたまま和田が、ぽつ、と問うてくる。

「あの日、渡辺さんがプールで絡んだ人、覚えてますか？」

高梨が微笑み、問いかける。

「あ、はい。酔ったままプールに入ろうとするところを止めてくれた人がいましたが……」

『なぜわかったか』の答えを期待していただろうに、思わぬ問いをかけられ、和田は戸惑った様子になったが、すぐに頷き、それが？　というように高梨を見た。

「その人、僕の家族なんですわ」

「え?」

意外だったからか、和田が目を見開く。

「渡辺さんは自殺を考えとるようには見えへんかったと。彼だけやない。渡辺さんに近しい人も皆、自殺は考えられへんと言うとりました。それで、もしや、と思うたんです。覚醒剤のことを知ったあなたが渡辺さんを手にかけたんやないかと」

高梨の言葉を受け、和田は暫く黙り込んでいた。が、やがて深い溜め息を漏らすと、

「………私が浅はかでした」

ぽつ、とそう呟いたあと、とつとつと語り始めた。

「自殺であっても解剖されるとは知らなかったんです。覚醒剤を使っていたことはなんとしてでも隠したかったのに、結局は世間に知られてしまった」

「浅はか、というのはそうした意味ですか?」

高梨の口調が厳しくなる。

「………いや………もっとしっかり、見てやればよかったと思っています」

それに気づかず和田が言葉を続ける。

「諒をスカウトしたのは私でした。小さな舞台からステップアップさせ、いよいよ彼の夢でもあったテレビドラマのレギュラーを獲得することができて、どれだけ二人で喜んだか……

途中までは二人三脚できたんです。夢を叶えるためには多少の無理はする。チャンスはどこに転がっているかわからないから、と、きついスケジュールにも諒は文句を言ったことがなかったのに、ぼちぼち名前が売れ、人気が出始めると、だんだんと私を疎《うと》んじるようになりました。仕事を詰め込みすぎる、少しは休みたい、気を抜かせてくれ、と。早くスターにしたくて私があれこれ注文をつけ、生活態度にも文句をつけるのを煩く感じるようになった彼は、一人暮らしをしたいと言い出し、仕方なく豊洲に部屋を借りました。それが間違いだったんです」

一気にそこまで喋ったあと和田が顔を上げ、高梨を見る。

「越してから暫くの間、諒は過密スケジュールにも文句を言わず精力的に働くようになりました。環境がかわったのがよかったのかと思ったのも束の間、すぐに問題行動を起こすようになり、仕事の上でも支障が出るようになりました。それで私がたびたび、マンションを訪れ監視をすることにしたんです。プールであなたのご家族に絡んだ日もそうでした。ああしたトラブルを諒は頻繁に起こすようになっていたんです」

「あの日は何があったんです？」

静かな口調で高梨が尋ねる。

「……あなたのご家族を部屋から出したあと、諒は今の男にどうも見覚えがある、と言い出し、スマートフォンをいじってました。そんな彼に私は、今はドラマのことだけを考えるようにと説得しようとしたんです。酒は当分我慢しろ、週刊誌ネタになったらどうするんだ、せっかく摑んだチャンスじゃないかと……。そうしたら諒がいきなり私の前で笑い出したんです」

『酒なんかより、もっと凄いトラブルを俺は抱えているけどな』

ゲラゲラ笑いながら渡辺が覚醒剤を常用していると打ち明けてきたとき、頭の中が真っ白になってしまった、と和田は再び項垂《うなだ》れた。

「冗談だろう？　と何度も聞きました。でも本当だった。諒は一人で秘密を抱えているのが怖くなったんでしょう。覚醒剤を見せてくれ、入手方法も聞きました。図書館で藤林という司書から受け取っていたと。支払先についてはネットで振り込んでいただけなので連絡先はわからないと諒は言ってました。そんな諒に私は、覚醒剤は二度と使わないと約束をさせようとしましたが、諒は聞く耳を持ちませんでした。警察に行きたければ行けばいいと言う彼を何とか宥《なだ》め、睡眠薬を投与して深く眠らせたあと、浴室に運び、彼の手首を切りました」

「殺した、いうことですね」

高梨が冷静な声音で確認をとる。

「……はい。もう見ていられませんでした。この先、彼が墜ちていくのを……」

はあ、と深い溜め息を漏らしたあとに、和田がまた話し出す。

「遺書はスマートフォンのメールから私のアドレスに打ちました。パスコードは知っていましたので。手書きよりも余程、本人らしいやり方だと、事務所の社長をはじめ、誰に疑われることもありませんでした。気になったのは覚醒剤についてです。それで司書の藤林を呼び出し、販売元についての情報を得ようとしましたが上手くいきませんでした。取り敢えず彼に口止めをしましたが、解剖の結果、覚醒剤の陽性反応が出たと知らされ、何を取り繕っても無駄だったのだと思い知らされました。しかしまさか警察が関与していたとは……酷《ひど》い話じゃないですか」

「それは酷い話ですが、あなたも充分、酷いですよね？」

最後、憤った声を上げていた和田の話を、高梨が遮る。

「酷い？」

問い返した和田を睨むように見据え、高梨が口を開いた。

「渡辺さんはあなたの所有物ではない。意思を持つ一人の人間です。思い通りにならないからといって、命を奪う権利はあなたにはありません」

「違います。私が諒を手にかけたのは、この先彼につらい人生を歩ませたくなかったからです。私の思いどおりとか、そういうことじゃありません」

即座に言い返してきた和田に対し、高梨が声を張り上げる。

「渡辺さんがいつ、あなたにそれを頼んできたというのです」

「それは……っ」

和田が、はっとした顔になり、言葉を詰まらせる。

「本当に渡辺さんのことを思うのなら、罪を償わせた上で、その先の人生を見守ってやる、支えを欲していたら支えてやる。そない思うんやないですか？　本人が望んでもないのに人生を終わらせるやなんて、勝手すぎます。渡辺さんが一度でもあなたに、死にたい、言うたことがありましたか？」

「…………っ」

和田がそれを聞き、絶句する。暫くの沈黙のあと、口を開いた和田の声は、酷く嗄《しわが》れたものとなっていた。

「……諒のためにやったんだ。あの子は弱い子だ。覚醒剤で逮捕などされたらもう、生きてはいけなくなったに違いないんだ。私は……私は……あの子のためを思って……っ」

喋っているうちに声は震え、彼の目からぼろぼろと涙が溢れてくる。

「あの子のために……っ……あの子のためにやったんだ……っ」

自分に言い聞かせるように、何度もそう繰り返す。ただのエゴだと気づいたのだろう、と高梨は抑えた溜め息を漏らすと、傍に控えていた竹中に目で合図をし、和田が殺害の罪を認めたことを捜査本部に報告しに行かせたのだった。

「ただいま」

高梨は日付が変わった翌日の午前二時頃、帰宅した。田宮は寝ているだろうと思い、自身で鍵を開けて中に入ったのだが、リビングの明かりがついているのに気づき、寝室ではなくそちらへと向かう。

「おかえり」

田宮が立ち上がり、高梨に向かい手を広げる。

「ただいま」

『ただいま』と『おかえり』のキスを交わしたあと高梨は、

「大丈夫か？」

と田宮を気遣った。

「良平こそ。疲れた顔してる」

何か食べるか？　と問いながら田宮が高梨の背から腕を解き、冷蔵庫へと向かおうとする。

「ごろちゃんが食べたいわ」

恒例の返しをした高梨だったが、田宮のリアクションも『恒例』であると予想していた。

『馬鹿じゃないか』

顔を赤らめ、乱暴に手を振り解かれるに違いない。

『ええやん』

無理に迫ると『馬鹿』とまた怒られる。そんな、日常のやりとりを重ねることで沈んだ気持ちを浮かび上がらせたい。

実はそう願っていた高梨の気持ちを知ってか知らずか、振り返った田宮の口から出た言葉は、『恒例の』ものではなかった。

「そっちはあとにして、今はメシ食べろよ」

「え」

『そっちはあと』発言に驚いたせいで、高梨の動きは完全に止まってしまった。

「そのリアクションが一番恥ずかしいんだけど」

むっとしたように田宮が口を尖らせ、高梨の手を振り解く。

「あ」

それで我に返った高梨の目に、実は耳を真っ赤に染めていた田宮の可憐な顔が映る。

「かんにん。そやし、びっくりしてもうたから」

「そっちが先にふざけたんだろ」

予想外の言い合いは　高梨の気分を一気に浮上させてくれた。

「ありがとな、ごろちゃん」

思わず感謝の言葉が口から零《こぼ》れる。

「ビール飲んでてもらえるか？　今、料理をあたためるから」

照れたのだろう、田宮が高梨の礼を聞き流し、キッチンへと向かっていく。

「……おおきに」

その背に向かい高梨は感謝の言葉を呟くと、

「ごろちゃんも飲むやろ？」

と冷蔵庫に向かうべく、彼もまたキッチンへと向かった。

その後、二人してビールを飲んでいるときに田宮が、

「問題ない範囲でいいんだけど……」

と事件の話題を振ってきた。

「藤林さんは俺をどこに連れていくつもりだったんだ？」

「金井組の……覚醒剤売買を行っていた暴力団のところやったって」

「彼、例の動画のこと、知ってたよな」

問う田宮の顔が暗い。

藤林の自白では、田宮と会ったときにはまだ、『動画』を観たことはなかったのだが、田宮に渡辺のマネージャーと一緒にいるところを見られたと金井組に報告した際、彼らから動画を見せられたという話だった。

田宮は細川とも接触があるとわかった金井組は、田宮を誘拐し連れてくるよう、藤林を脅

した。あの動画同様、覚醒剤を投与して中毒に仕立て上げることで、警視という高い階級の高梨の弱みを握る、という作戦であったという。

しかし本人には伝える必要はない、と、高梨は田宮に、

「偶然、観たんやろ」

と微笑むと、話を変えた。

「亡くなった細川さんやけど、去年、奥さんに先立たれてからはよう図書館に通うようになったんやて。クレームばかり入れとったのも、会話のきっかけがほしかったのかもしれんね」

「……藤林さんに絡むことが多かったのは、藤林さんのことを逆に気に入っていたからかもしれないのに……」

「そうやったんやろうね。いつも親切に対応しとったと図書館の人も言うとったから」

高梨の言葉に田宮は「うん」と頷くと、

「……酷い話だよね」

と憤った声を上げた。

「渡辺さんも自殺じゃなかったって、さっきニュースで観たよ。あのマネージャーの人が自殺にみせかけて殺したって。あんなに渡辺さんのこと、大切にしている様子だったのに」

「大事にする方向を間違ったんやろう」

自分が取り調べたことを高梨は明かさなかった。しかし田宮は何か察したのか、

「ビール、もう少し飲むか？」

とその話題を切り上げると、立ち上がり冷蔵庫へと向かっていった。

「………なあ、ごろちゃん」

田宮が缶ビールを手に戻ってきたとき、高梨は家に帰るまでの間、考えていたことを口にした。

「なに？」

「やっぱり引っ越さへん？　今度は僕が探すわ」

「……良平……」

田宮は高梨の名を呼んだあと、何かを言いかけたが、すぐになんでもない、というように微笑むと、

「俺が探すよ」

と頷いた。

「良平忙しいし」

「ごろちゃんも働き始めたやんか」

「大丈夫。良平よりは全然時間あるから」

ロビーで騒ぎとなったことを田宮は気にしているに違いない。それゆえ、引っ越そうと決めたが、その動機をも田宮に見抜かれたのだろう。

申し訳ないと思っている様子の彼から罪悪感を払拭《ふっしょく》するにはどうしたらいいだろう。考えた結果高梨は、

「ここを紹介してくれた富岡君に話を通したほうがええかもしれん。明日にでも連絡してみるわ」

とこの話をここで終わらせようとした。

「俺が電話するよ」

「いや、僕がするわ」

番号は知っているし、と告げた高梨の前で田宮が少し困った顔になる。

「なに？」

「いや、最近富岡、良平のこと『良平』って呼ぶようになったんだ」

「せやった？　冗談で呼んどるんやろ？」

田宮が何を言いたいのか今一つわからず、首を傾げた高梨に向かい、田宮が少し拗《す》ねた口調でこう告げる。

「あんまり仲良くせんといてな？」

「……あほか」

田宮の専売特許である『馬鹿じゃないか』の関西弁が口からついてでたあと、高梨は思わず噴き出した。

「面白すぎやわ。ごろちゃん」

「別に面白くないし。結構本気で言ってるんだけど」

言い返してきた田宮もまた笑っている。

気に病むことは日々、いくらでもある。しかしこうして二人して笑っていられるのが幸せの証《あかし》だ。

きっと田宮も同じことを考えているのだろう。そう思い、高梨が伸ばした手を田宮がしっかりと握り締める。

「そろそろごろちゃんをいただいてもええやろか」

「……エロオヤジ」

まったく、と田宮が苦笑しつつ、高梨の手をぎゅっと握る。

「そしたらベッドに行きますか」

高梨もまた笑って田宮の手を握り返すと、二人して立ち上がり、後片付けもせぬまま急《せ》いた気持ちを互いにぶつけ合うべく、寝室へと向かったのだった。


「あ……っ……んん……っ……ん……っ」

それぞれ服を脱ぎ合い、全裸になって抱き合う。高梨の愛撫に田宮はいつものように声を上げ始めたが、なんとなく高梨には、田宮が一刻も早く快楽の波に乗ろうとしているように感じられた。

悩みもある。嫌な思いも怖い思いもした。すべてを忘れたいと、そう願っているのかもしれない。

『忘れたい』感情の中には、自分に対する罪悪感もあるのかと思うとやりきれない気持ちになりかけたが、そう思うこともまた伝わってしまうに違いないと高梨は気持ちを切り替え、いつも以上に丹念に田宮の身体を弄っていった。

「やだ……っ……そこ……っ……もう……っ……」

乳首を執拗に舐《ねぶ》り、吸い上げ、時に軽く歯を立てる。もう片方は指先で摘まみ上げ、こねくりまわし、と間断なく両胸を攻めるうちに、田宮の身体は熱し、肌にはうっすらと汗が滲み始めた。

「あ……っ……あぁ……っ……あ……っ」

もどかしげに身を捩り、白い喉を露《あら》わにしつつ声を漏らす。妖艶といってもいいその様に高梨もまたすっかり昂《たか》ぶり、早くも彼の雄は形を成していった。

「……っ」

田宮の胸に顔を埋《うず》めていた高梨が息を呑んだのは、自身の雄に田宮が立てた膝を当ててきたからだった。はっとして顔を上げると、田宮のはにかんだ顔が目に飛び込んできて、その愛らしさに、どくん、と雄が大きく脈打つ。

「すご……」

一気に嵩《かさ》がましたことに、田宮が驚きの声を上げつつ、再び膝を雄へと寄せてくる。

「欲しいんか？」

どうせまた『エロオヤジ』と揶揄されるだろうと思いつつ、高梨はわざとそんな、えげつない言葉を告げてみたのだが、それを聞いた田宮は、なんと、

「うん」

こくん、と首を縦に振り恥ずかしそうに目を伏せた。

「えっ」

まさかのリアクションに高梨はつい、戸惑いの声を上げてしまったが、すぐ、

「うそうそ。あげるわ、なんぼでも」

と、田宮が拗ねるより前に、と身体を起こし、彼の両脚を開かせた。

「まず、慣らさな」

まさか田宮が、意識のはっきりした状態で『ほしい』などという直接的な要請をしてくるとは思わず、高梨はすっかり舞い上がっていた。

焦るあまり手順を口にした彼に田宮が、ぼそ、と呟く。

「……大丈夫だから」

「え？」

どういう意味かと問おうとしたのを察したらしく、田宮が俯いたまま、ぼそりと言葉を続けた。

「自分でやったから……」

「……っ」

あかん。

その姿を想像しただけで高梨は達しそうになり、慌てて踏みとどまった。

「……おおきに」

礼を言うのも変かと思いつつ、嬉しさやら焦りやらがまじったためにやたらと性急になってしまった動作で田宮の両脚を抱え上げ、恥部を露わにする。

「見るなよ……」

『自分で』解《ほぐ》したと聞いたからか、ついそこを見つめてしまっていた高梨を田宮が恨みがましく睨む。その目に、その言葉にますます劣情を煽られる気がしながら高梨は、

「かんにん」

と一応の謝罪をすると既に爆発しそうになっていた雄をそこへと宛がった。

ズブ、と先端がめり込むようにしてそこへと挿入される。確かに慣らしてくれているよう

だ、と思わず微笑んだ高梨だったが、田宮がふいと顔を背けたのに気づき、しまったな、と心の中で舌を出した。

羞恥を煽ってどうする、と自分に言い聞かせ、ゆっくりと腰を進めていく。ずぶずぶと雄が飲み込まれていくさまに、高梨の高まりは増し、早く突き上げたくてたまらなくなったが、まずは田宮の身体を労《いたわ》りたいという思いから、ぴた、と二人の下肢が重なるまでは、慎重に、と己を律していた。

すべてを収めきったあと、高梨は田宮を見下ろし、様子を見ようとした。田宮もまた高梨を見上げ、にっこりと微笑んでみせる。

「動いてええか？」

「うん」

今日の田宮はやたらと素直だ。こくりと頷いた彼を見て高梨は少々驚いたのだが、きっと気遣いからだろうと察し、何を言うこともやめにした。

彼の望むように、今は頭を真っ白にしてあげたい。意識を飛ばすほどの快感を与え、満ち足りた眠りを届けたい。

その願いから高梨は、

「いくで」

と声をかけ、抱えていた田宮の両脚を抱え直すと、激しい律動を開始した。

「あ……っ……あぁ……っ……あっあっあっ」

二人の下肢がぶつかり合うときに立てられる、パンパンという空気を孕《はら》んだ音と共に、田宮の高い喘《あえ》ぎが室内に響き渡る。

「もう……っ……あぁ……っ……もう……っ……もう……っ……あぁっ」

いつしか快楽の波に呑み込まれ、無心の状態で田宮を突き上げていた高梨は、自分の下で田宮がいやいやをするように激しく首を横に振っていることに気づき、はっと我に返った。

「かんにん……っ」

眉間にくっきりと刻まれた、苦悶を表す縦皺《たてじわ》を見た途端、無理をさせてしまっているとわかり、反省する。

「いこう」

それで高梨は田宮の片脚を離すと、二人の腹の間で熱く震える田宮の雄を摑み、一気に扱き上げてやった。

「アーッ」

直接的な刺激に耐えられず、田宮が一段と高い声を上げて達し、白濁した液を辺りに撒き散らす。

「……く……っ」

射精を受け、田宮の後ろが激しく収縮する。その刺激に高梨も達すると、はあはあと息を乱している田宮を見下ろした。

「大丈夫か？」

「ん…………」

まだ意識は朦朧としているらしく、幼子のような頼りなさげな表情をした田宮が、じっと高梨を見上げてくる。

守りたい――。

何度となく決意した思いが、今宵もまた高梨の胸に湧き起こる。どのような厄災からも必ず守ってみせる、と高梨は一人頷くと、汗で額に貼り付く田宮の髪をかき上げ、その額に、鼻に、頬に、ときに唇に、呼吸を妨げぬよう細かいキスを数え切れないくらいに落としていったのだった。

「おはようございます」

翌日、青柳探偵事務所に出勤した田宮を迎えたのは青柳だった。

「おはよう。早いね。今日は休んでくれてもよかったのに」

大変だったんでしょう？　と問うてくる青柳は、どうやらすべてを承知しているようである。それで田宮は、逆に青柳に問うてみることにした。

「雪下さんが調べていたのは、昨日の件ということですよね？　江東署の署長が暴力団と癒着していたという」

「高太郎は欠点だらけだけど唯一、美点があってね」

しかし青柳は問いに答えてくれることなく、いきなり話題を変えてきた。

「え？」

「その美点というのが、仕事の内容には一切、興味を持たないということだった」

「…………」

それはつまり、と田宮が青柳を見る。青柳は田宮の視線を受け止めると、相変わらず歌うような優雅な口調で、

「まあ、彼の場合は美点というより、単に頭が悪いだけだけどね」

と続け、パチ、とウインクをして寄越した。

「……わかりました」

要は何も話す気はないということだろう。わかってはいたが、雪下と青柳、二人からこうも壁を作られると、さすがに応える、と溜め息を漏らしそうになるのを堪え、田宮は頷くと早速仕事にかかろうとパソコンを立ち上げる。

「雪下に礼を言いたかったんだろうけど、言っても言わなくても結果は一緒だから、気にし

なくていいよ」

「えっ」

仕事に集中しようとしていたところに、後ろから青柳に声をかけられ、田宮ははっとして振り返った。

「お互い、仕事だからね」

田宮の視線を摑まえると青柳はにっこりと微笑み、頷いてみせる。

「まあ、そのうちに少しは打ち解けられると思うよ。少なくとも僕と彼程度にはね」

青柳と雪下、二人がどのくらい打ち解けているかはわからない。表面上はまったく打ち解けていないように見えるが、それなりの信頼関係は結べているということなのだろうか。

まずは信頼してもらうことが大切だ。まだ働き始めて三日目。気長にいくことにしよう。

自身に言い聞かせ、パソコンのメールを開いた田宮の目に、雪下からの着信が飛び込んでくる。

『辞めたくなったらいつでも辞めろ。青柳所長には俺から話を通す』

「…………」

これまた前途多難——と思いながらも田宮は再び、まだ始まったばかりじゃないかと自身に言い聞かせ、新たな報告書を作成しようとファイルを開いたのだった。

あとがき

はじめまして&こんにちは。愁堂れなです。

この度は八十六冊目のルチル文庫、そしてシリーズ十九冊目となる『罪な秘密』をお手に取ってくださり、本当にありがとうございました。

発売までお待たせしてしまうことになり、申し訳ありませんでした。いつまでも新婚気分の抜けないラブラブバカップル（しかしかなり酷い目には遭っている）の高梨と田宮が新たな局面を迎えることとなる本作が、皆様に少しでも楽しんでいただけましたら、これほど嬉しいことはありません。

陸裕千景子先生、今回も本当に素敵なイラストをありがとうございました！

表紙の良平とごろちゃんの幸せそうな様子に、私までもが幸せ気分を満喫させていただきました。

メインの二人や富岡以外にも、懐かしいキャラをたくさん（申し訳ありません・汗）描いていただけて幸せでした。お忙しい中、本当にどうもありがとうございました。

また今回も大変お世話になりました担当様をはじめ、本書発行に携わってくださいましたすべての皆様に、この場をお借り致しまして心より御礼申し上げます。

さて、『懐かしいキャラ』、高梨とはワケアリの雪下は、『罪な宿命』『罪な告白』『罪な後悔』に出てきます。

『罪な宿命』はドラマCDにもしていただきました。本当に懐かしいですね。

青柳と高太郎が登場するのは、『罪な告白』『罪な後悔』でしたか。

これらの作品を発行していただいたのはもう十年以上前なんだ、と自分でもびっくりしてしまっています。

こんなに長くシリーズを書き続けていられるのも、いつも応援してくださる皆様のおかげです。本当にありがとうございます!

これからも皆様に少しでも喜んでいただけるような作品を目指し、精進して参りますので、不束者ではありますが、何卒宜しくお願い申し上げます。

今回もコミコミスタジオ様でのご購入特典として、小冊子を書き下ろしました。タイトルはわかる人にはわかる曲名で、内容は『あまあま』です。よかったらゲットなさってくださいね。

次のルチル様でのお仕事は、書き下ろしの文庫を発行していただける予定です。

また是非書きたいと思っていたキャラを書くことができました。こちらもよろしかったらどうぞお手に取ってみてくださいませ。

今年も、シリーズや書き下ろしの文庫を発行していただけることになっています。文庫以外に漫画原作も担当させていただいていますので、どうぞお楽しみに。
また皆様にお目にかかれますことを、切にお祈りしています。

令和二年一月吉日

愁堂れな

（公式サイト『シャインズ』http://www.r-shuhdoh.com/）

✦初出　罪な秘密……………書き下ろし

愁堂れな先生、陸裕千景子先生へのお便り、本作品に関するご意見、ご感想などは
〒151-0051 東京都渋谷区千駄ヶ谷 4-9-7
幻冬舎コミックス　ルチル文庫「罪な秘密」係まで。

幻冬舎ルチル文庫

罪な秘密

2020年1月20日　第1刷発行

✦著者	愁堂れな　しゅうどう れな
✦発行人	石原正康
✦発行元	株式会社 幻冬舎コミックス 〒151-0051 東京都渋谷区千駄ヶ谷 4-9-7 電話 03(5411)6431[編集]
✦発売元	株式会社 幻冬舎 〒151-0051 東京都渋谷区千駄ヶ谷 4-9-7 電話 03(5411)6222[営業] 振替 00120-8-767643
✦印刷・製本所	中央精版印刷株式会社

✦検印廃止

ISBN978-4-344-84571-8　C0193　Printed in Japan